dice

心流

Board Game Mook

为生活之趣提供多一项选择

01

赵勇权 主编

棋盘上的她

中信出版集团 | 北京

图书在版编目（CIP）数据

心流：棋盘上的她 / 赵勇权主编. -- 北京：中信出版社, 2020.9
ISBN 978-7-5217-1664-1

Ⅰ. ①心… Ⅱ. ①赵… Ⅲ. ①散文集－中国－当代
Ⅳ. ①I267

中国版本图书馆CIP数据核字(2020)第037646号

心流：棋盘上的她

主　　编：赵勇权
出版发行：中信出版集团股份有限公司
（北京市朝阳区惠新东街甲4号富盛大厦2座　邮编　100029）
承 印 者：北京盛通印刷股份有限公司

开　　本：787mm × 1092mm　1/16　　印　　张：10.75　　字　　数：160千字
版　　次：2020年9月第1版　　印　　次：2020年9月第1次印刷
书　　号：ISBN 978-7-5217-1664-1
定　　价：198.00元

卷首语

有一段时间，公司开始招聘“游戏策划”这个职位，那也是我第一次意识到职业取向在性别上呈现一边倒的局面，然而我个人的新发现在其他游戏圈的同行看来早就习以为常，若真的出现一位女性游戏设计师，倒成了稀有物种，甚至是媒体追逐的焦点。

在拟定第一期 MOOK 主题的时候，恰逢“女性主义”正在成为人们关注的话题，无论是触达灵魂的文艺表现，还是发人深省的社会事件，似乎一时间那些“理所当然”的事情都摆上了反思的台面，而回望我们所在的桌游世界，似乎也从伊丽莎白 · 哈格雷夫的《展翅翱翔》打开了一个洞，一道射线穿越历史，光束打在当年拒绝丽兹 · 玛姬的成见之墙上。

相对“体力”而言，没有人可以说“脑力”是男性的绝对天赋，更不该被社会默认成从业标签，反而我们从那些女性设计师设计过的畅销游戏中发现了许多具有启发意义的故事，她们善于将职业研究、个人爱好，乃至身边人的故事转化为有趣的游戏，她们更像是灵感的捕手，比如米兰达 · 埃瓦茨在梦醒之后设计出了畅销全球的《睡皇后》，那时她才 6 岁。

这一百多年来，桌游行业的女性设计师不仅证明着自己可以闪耀在这一度由男性主宰的领域，另一方面也利用桌游这种表达方式输出着自己的独立宣言。就像是书、电影、碧昂丝的音乐，桌面游戏通过游戏机制营造代入感，从一个话题切入，让人们了解到“女性平权”的呼吁并非小题大做。2018 年我们在北京举办 DICE CON 的时候，邀请来了巴基斯坦的女设计师纳什拉 · 巴拉贾瓦拉，她因设计一款反对包办婚姻的游戏而闻名世界，同时却被自己的祖国拉入了“黑名单”。她向台下的观众讲解自己的设计理念，虽然那些故事看似遥远，但游戏却时刻提醒着我们荒诞的事情在真实地发生。

如果，我们只是把上面那些知道的事情告诉你，你就始终都只会坐在“观众”席，那这本书便也是不完整的。

有一天，我和一位朋友聊到上面这些故事的时候，他突然问我，你是否教过身边的女生去玩你认为她们会喜欢的游戏？这个问题一下子将我从历史与社会交织的穹顶拉回到地面，让我意识到这本书中还缺少的那部分重要的东西——身边。“女性平权”这看似距离我们遥远的议题，实际上就是赵南柱笔下的金智英与郑大贤之间存在的问题，桌游的社交属性恰恰折射了种种易被忽视的隐性歧视，但同时它的游戏属性又能弥合那些两性之间的认知裂隙。

于是我们做了一场试验，也做了这一期 MOOK，我们探讨女性主义与桌面游戏，比起去冲撞、去刺破，我们更希望去建立、去解答。

主编：赵勇权

CONTENTS

dice 心流 Board Game Mook 为生活之趣提供多一项选择

01

棋盘上的她
女性主义与桌面游戏专题

出版人 & 主编： 赵勇权
编辑：安宁、田佳鑫、
张望、王宇航
美术指导 & 设计制作：李鑫
插图美术：赵岩
摄影师：韩东
游戏设计：DICE DESIGN
游戏美术：赵岩
合作单位（按字母顺序排列）：
艾赐魔袋、百恋桌游、栢龙玩具、
本长文化、米宝海豚、游踪桌影

Publisher & Chief Editor: Vincent Zhao. Editor: Ning An、Jiaxin Tian、Wang Zhang、Yuhang Wang. Art Director & Design: Spike Lee. Illustration: Echo Zhao. Photographer: Dong Han. Game Design: DICE DESIGN. Game Art: ECHO. Cooperation: Asmodee, Benchmark Cultures, Broadway Toys, Buly Games, Gamdow Board Games, Surfin Meeple.

电子邮箱：hello@dicehobby.cn
官方网站：www.dicehobby.cn
官方微博：weibo.com/dicemag
微信公号：DICE 桌游

本期主要受访者

伊丽莎白 · 哈格雷夫

Elizabeth Hargrave

美国 设计师 / 鸟类观察家

作为鸟类观察家，伊丽莎白第一次设计的游戏《展翅翱翔》一出现便火遍全球，并荣获了德国年度游戏大奖年度极客游戏奖。

北尾圆

Madoka Kitao

日本 将棋棋士 / 桌游设计师

日本将棋二段棋士，将棋公司 Nekomado 创始人，《动物将棋》的设计师，并且利用这款简单的游戏在世界各地推广将棋文化。

纳什拉 · 巴拉贾瓦拉

Nashra Balagamwala

巴基斯坦 设计师

因为设计出一款关于抵制包办婚姻的游戏而备受关注，也曾经受邀来到 DICE CON 进行演讲。是一个注重运用色彩的优秀设计师。

"烈女如歌" 设计团队

Fierce Women

克罗地亚

这个来自克罗地亚的设计团队以大胆的画风设计出一款精美的卡牌游戏：《烈女如歌》，并于 2018 年获得索齐亚玛丽社会创新奖。

明娜 · 米纳

MINNA MINÁ

巴西 插画师 / 设计师

米纳是一名职业图书插画师。她认为书在她的成长过程中发挥了重要作用。她的作品主题非常人性化，经常描绘人们的困境、向往和快乐。

贝卡 · 斯科特

Becca Scott

美国 演员 / 主持人

桌游界著名的主持人，代表节目有《How To Play》《Game the Game》，是女性角色扮演团 TBD RPG 的核心成员，其出色的主持风格吸引了众多粉丝。

权修仁 Kwon Suin

韩国 桌游设计师

因为《李智慧生存游戏》的设计而备受社会关注的韩国独立设计师，现已从宣传公司离职，专职从事桌游设计，之后亦推出多款独立创作的桌游并众筹取得佳绩。

雅各布 · 雅斯科夫 Jacob Jaskov

丹麦 游戏设计师

利用自己所从事专业的经验，2017 年设计并出版桌游《爱情迷雾》及其后续的若干扩展游戏，成为畅销两性游戏的设计师。

黑嘉嘉

中国台湾 职业围棋棋手

澳中混血的棋手，目前是职业七段，11 岁时便开始在国际比赛中取得骄人的成绩，兴趣爱好广泛，目前亦是种子音乐签约的艺人。

她让我们知道 原来还有这么多好玩的游戏

李宓 演员 / 歌手 / 桌游店老板

Q1 你最近玩了哪个桌游觉得特别有意思？

《时空乱序》（*Anachrony*）。

Question

Q2 从什么时候开始从事与桌游相关的行业？在什么契机下进入这个行业？

2015 年 12 月。之前我得了抑郁症，所以每天都玩桌游、去教会，这两样活动让我的病情得到好转，于是我决定开一间桌游店作为报答，希望可以把玩桌游的欢乐传递给更多的人，让现代人的疏离感和压力能够越来越少，并降低患上抑郁症的概率。

Q3 请介绍一下你做的内容，你认为它的特别之处在哪里？

身为一个演艺人员和桌游店老板，最特别的地方就是把演艺工作跟桌游结合在一起，例如各大媒体都来专访过艺人开桌游店的心得，买我的个人专辑就送桌游，我还主持过一个 RC 直播桌游节目，也有许多网红来我的店里拍摄 YouTube（油管）影片，等等。希望有更多演艺相关的工作能够结合桌游产业。

Q4 在你看来，男性桌游玩家和女性桌游玩家有哪些不同？

如果以我的经验来比较，男性比较注重游戏机制及主题，比如逻辑推理或战争类游戏，尤其是重策略游戏，此外男性还会更愿意到桌游店和陌生人一起玩。而女性更注重游戏的美工和配件，更偏爱心理测试及搞笑题材的游戏。

Q5 如何看待女性桌游从业者较少的问题？你认为女性有哪些优势可以胜任这个行业中的某类角色？

开始从业时很多人会因为我是女性，觉得我不了解桌游，但在我参加过几次重策略比赛及努力推广教学后，渐渐受到了业内的肯定。女性大多数亲切有耐心，更容易让人仔细聆听。但重要的不是性别，而是拥有充分的知识，有条理、够专业，这样才能在桌游店中工作得得心应手。

李文祺 新天鹅堡版权经理

最近玩得特别有意思的桌游:《白贼七》《三人成筑》《神机妙算》(骰子版)。

从高二开始玩过《卡坦岛》《矮人矿坑》《袋中菲力猫》等游戏，对桌游大致有个印象。2013 年大学毕业的最后一年要做专题，当时觉得桌游很好玩，通过桌游店介绍，跟新天鹅堡的 YOYO(我老板，也是新天鹅堡的创办人之一)联系上并合作了一年的桌游校园推广计划，所以毕业前就决定进公司了。

我现在主要负责的是国际版权业务和中国台湾地区的渠道选品。负责国际版权会直接接触到许多国外的出版社和作者，能结识很多产业中很棒的人。有时会测试游戏并提出修改意见，经常在游戏还是雏形的时候，就需要决定是否出版。

个人感觉身边的男性玩家会更在意游戏的输赢，游戏结束后也喜欢复盘，并想要实践讨论结果。而女性玩家更重视过程，觉得玩游戏是一段快乐时光，输赢带来的影响没这么大。可能因此男性玩游戏的黏着度更高，最终导致投入产业的男性比较多。

业内确实男性较多，但桌游产业并不是由于性别歧视导致女性比较少，只是男性对游戏更投入，黏着度更高，而投入桌游产业的人大部分是以兴趣为主。由于业内女性较少，所以女性在桌游产业中是被尊重且珍惜的，意见反倒更被重视，而且更容易被人记住。

姚宗秀 米宝海豚公司总裁

自从做了这一行，很少玩最终的成品游戏，基本上都在游戏创意阶段就开始玩了，最近玩的成品游戏感觉不错的是 *Parks*，美工特别棒，机制流畅，游戏结束之后大家感觉身临其境地去美国 59 个国家公园逛了一圈。

2009 年开始从游戏的生产入行，当时比较闲，一直在玩游戏，所以对同类产品也比较感兴趣，于是开始做游戏生产，找供应商，做前期开发。2012 年来到上海，设立 A 社，开始接触中国桌游。2015 年成立米宝海豚。

我算是比较幸运，从游戏的前期测试、中期开发，到后期销售以及市场行为，做过一整条产业链。 我觉得桌游在国内还只是一个起步阶段，需要开发更多适合国人的桌游来开拓这个市场。

女性玩家比较少，而且没有那么强的竞争欲望吧。 我在选桌游的时候美工是第一位，美工不对口的游戏就没有欲望去玩。

女性对游戏的选择可能会更适合大众口味，女性审美观比较强， 天性的细腻可以让整个公司的运作更加流畅，我认为市场、美工以及运营的工作女性应该更有优势一点。

Question ▼	**樱庭若雪** 译者 / 编辑 / 项目负责人	**周大宝** 地核桌游主创
你最近玩了哪个桌游觉得特别有意思？	最近被安利了《猜心俱乐部》，就是每个人围绕一个共同的主题写下六个词条，然后看大家的脑洞能不能撞在一起。我和朋友们试了一下，简直欢乐到飞起，变成了一个极其考验默契度的互坑互骗游戏。	《大头娃娃》，超级欢乐的聚会小游戏，考验大家的记忆力，不过游戏的关键其实在于奇特的画风和 1 分钟就能明白的极简规则，虽然简单，却让人每次玩都能大笑到抽搐。实名推荐给各位。

从什么时候开始从事与桌游相关的行业？在什么契机下进入这个行业？	正式入行应该是 2014 年，当时尝试过一些职业，仔细分析了自己的专业特长和喜好，最终确定了“游戏相关的翻译”这个范围，之后在投简历的过程中获得了一些机遇，开始合作翻译桌游，然后尝试负责一些引进项目的统筹和编辑工作。	2017 年初我开始在公众号上做一些有关桌游的音频、视频类节目，最早是为了自娱自乐，后来朋友认为有几个视频有传播桌游的意义，帮忙转发宣传，得到了很多支持和好评后我开始逐渐严肃对待这件事，然后正式进入了桌游行业。
请介绍一下你工作的内容，你认为它的特别之处在哪里？	我主要从事国外桌面角色扮演游戏作品的引进，包括翻译、组稿、校润等一系列工作。这个领域微妙地介于游戏和出版之间，从业者不仅要熟知游戏资讯和翻译技巧，还要掌握管理和沟通技能，甚至要学习编辑知识和出版规范，为此我连编辑证都考下来了。	我的工作是挖掘一些与桌游相关的“生活化”的事情，然后通过视频、漫画等方式表现出来。大家在看过一些作品后，也会提供更多素材帮助我之后的创作。通过这个方式渐渐形成了一个网络桌游社区，很多玩家也成为生活中的好朋友。
在你看来，男性桌游玩家和女性桌游玩家有哪些不同？	从核心玩家的角度来讲，两者没有区别。我自己什么类型的游戏都玩，周围熟识的女性玩家也都大抵如此，最多只有个人喜好方面的差别，不会上升到性别层面。如果从社交属性来讲，女性桌游玩家聚会的时候更喜欢拍照。	目前桌游玩家中，男性的比例还是明显高于女性的。另外在游戏口味上，男女的偏好也有所不同。不过我觉得最重要的一点是，男生女生因为“桌游”这个爱好成为很好的友人，甚至成为恋人和家人，这是桌游带给我们最大的价值吧。
如何看待女性桌游从业者较少的问题？你认为女性有哪些优势可以胜任这个行业中的某类角色？	其实工作内容本身并没有性别壁垒，大概是因为玩家基数的差异吧。就个体而言，我觉得胜任某类角色取决于个性而非性别。从大数据的角度来说，女性更具有同理心、更细致、更容易促成合作，非常适合担任谈判者和调节者的角色。	女性从业者确实少一些，不过女性从业者的比例要高于女性玩家的比例。我认为女性在这个行业中将会越来越重要，因为女性相对来说在责任心、情商和团队合作方面更胜一筹。当然，跨越性别的差异，形成完美的互补才是永恒的方向。

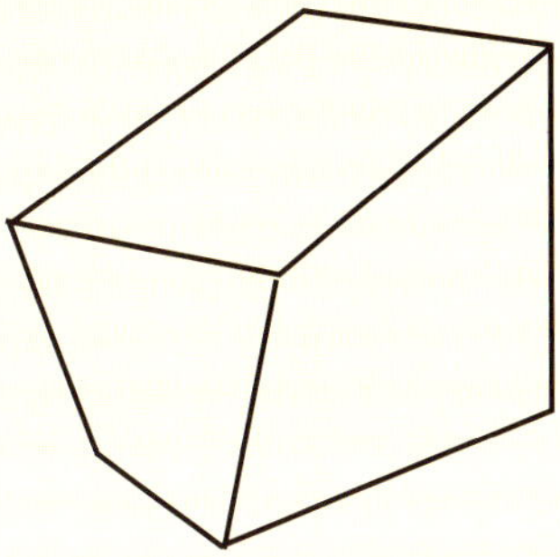

陈旻鹭 Ber 集石桌游 App 联合创始人兼 CMO

《诡镇奇谈》，卡牌版 AHLCG，这个游戏的设计几乎完美——设置摆放时间短，游戏很有深度，规则简单，故事背景代入感强，挑战机制千变万化，是我近期最喜欢的游戏之一。

2018 年 5 月我正式开启做“集石桌游”。当一起喝酒、KTV、网游都已经玩腻时，桌游成了 “无聊”的最佳解药。桌游平台都在“游戏”上下功夫，但玩游戏的“人”才是核心，围绕这个理念，创始团队开启了“集石桌游”，方便玩家快速组局，把更多的时间用来玩！

我认为桌游是成年人的玩具，在我们长大的过程中发现事情变多了，乐趣变少了。而我们的目标就是通过集石为现代的成年人打造一个集石乐园。这个乐园里有很多的玩具（桌游），很多的小伙伴（玩家），让人们找回小时候最初的快乐。

我觉得玩家基本有三种分类：第一类玩家喜欢探索机制、注重玩法，以及如何优化；第二类玩家更看重扩展交际圈；第三类玩家喜欢赢，通过胜利获得成就感。我接触的男性大多数是探索类兼获胜类玩家，而女性大多数是社交类玩家。

女性少是因为没有人发展女性，但我组的所有局里，黏性最高的一定是女性，因为女性是奔着跟人玩去的，为的是通过桌游享受在一起的时光。我觉得女生比男生更适合做桌游的宣传跟推广，看下广场舞大妈，再看看太极拳老头，就明白为什么广场舞能够红遍中国，而太极拳仍是小众市场了。

MOMOKO 文化教育从业者

好玩的：《四人议会》《老师敬服》《分了吧》《暑假作业》《截码战》；好看的：《国家公园》《展翅翱翔》《小王子：给我一个星球》《花砖物语》。

从 2016 年开始从事与桌游相关的行业。桌游在美式文化中有一定地位，于是在美国念书的我对桌游产生了好奇心。后来我在纽约著名的 K12 国际创新学校工作，了解到最新的教育理念。随后回国创办了媒体平台《玩具好正》。

《玩具好正》是一个推广 STEAM 教育和游戏化学习的平台，我们的公众号上会推出益智类玩具和桌游产品，也会不定期地组织线下的互动课堂活动，在北京市和兰州市都有合作的教育机构和学校。我们的平台希望可以融合国际化的教育理念以及产品，让中国的家庭和学校也可以使教育“活”起来，进而推动桌游市场。

男性玩家可能更愿意研究游戏机制，挖掘感兴趣的主题，挑战更有难度的桌游。而女性玩家除了看重桌游的社交属性和乐趣外，还有一部分家庭教育的目的。比如在家庭教育中，越来越多的宝妈，开始选择教育类桌游用于亲子互动，给孩子做启蒙教育。

国内目前的桌游从业者仍然是比较小众的群体，女性从业者可能更少，因为基数不大。不过女性桌游从业者仍具有非常好的竞争力，比如推广教育类桌游时，女性从业者可以更加有感染力地让桌游走进大家的生活。

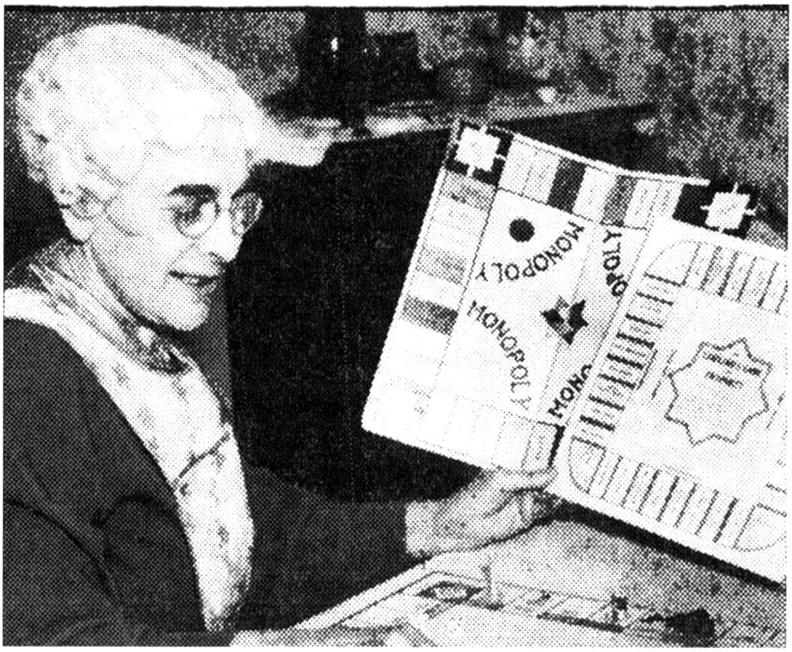

1936 年，玛吉在《华盛顿新闻晚报》（*Washington Evening Star*）的版面上大声疾呼，反对达罗的创作故事。照片由 Bloomsbury（布鲁姆斯伯里）提供。

女性设计力，却和性别无关。

从丽兹·玛吉获得了自己的桌游专利，到伊丽莎白·哈格雷夫拿到了象征当今桌游最高成就的SDJ黑标奖，女性游戏设计师在过去100余年间努力在一个看似由男性主导的专项领域证明着自己的能力。那些『女性无法胜任复杂脑力工作』的一隅之见随着教育平权与信息共享的社会结构变革，成为女性主义者最早挥剑斩断的腐朽之根。而此刻我们在这里所说的游戏设计力，正像产品所展现的，并非如你经验所想的那样散发着女性的特质（感性、唯美、细腻），它们可以被放置在统一的评判标准之下（理性、有趣、流行），不因性别而双标成绩，这才是真正的平等。

《地产大亨》风靡背后的故事

一个被抹去名字的女性

TEXT / 可乐吨吨机

在女性很难获得平等的年代，丽兹作为一个进步的女性主义者，一直在与不被接受的理想做斗争。我们应该高度重视她，因为她不仅是一名女性创新者，更是一个整体性的创新者。

让我们把时间拉回到1903年。这一年，法国的居里夫人发现了镭，莱特兄弟在美国完成人类首次飞行，电脑之父冯·诺依曼出生。这一年，丽兹·玛吉为自己独立设计的桌游申请了专利。

故事要从她的父亲——詹姆斯·玛吉（James Marge）讲起。他是一位出版商，同时还是一位反垄断者。他追随乔治·亨利（Henry George）在各地进行演讲，反对土地私有化带来的垄断，并在丽兹上学期间就送给了她一本《进步与贫困》（*Progress and Poverty*）。而这本书，为丽兹今后的人生，深深地埋下了种子。

这位出版商的女儿从小就个性非常强烈。她一直接受良好的教育，大学毕业后，她成为一名速记员。在发现自己很难获得每周10美元的收入时，她将自己标为“年轻的美国女奴”出售，她说自己具有“稀有且多才多艺的戏剧能力，是天生的艺人，同时有着深刻的宗教信仰——不虔诚”。这种出格的举动在当时很快成为报纸和八卦杂志讨论的主题，引起强烈的社会反响。同时，她也是一位女性主义者。“女性不是男性的附属品，有抱负，有想法，可以自由地去做自己想做的任何事。”她说。

在读完乔治的《进步与贫困》后，丽兹非常信服他的理论：虽然美国的经济体系领先世界，但贫富差距越来越大，而这一切都是源于土地私有制……

她决心表达对这种不公平的现象的不满。那时她未婚，有房，有地，有自己的积蓄，按现在的话来说，完全是当代独立女性典范。她决定全心全意地投入这件事。

刚开始，她主要通过撰写文稿、公开演讲以及给学生授课等途径表达自己的想法，但这种方式并没有吸引到太多的人。后来她看到桌游在大学校园间流行，她注意到那不仅仅是一个游戏，还是人与人之间交流的载体。于是她决定，设计一款桌游来表达自己的政治思想。那么要怎样设计呢?

一夜又一夜，她坐在家中画画、思考。那是20世纪初期的美国，她思索究竟什么样的棋盘游戏才能表达自己的政治观点。后来，她基于原来的棋类游戏想到了环形布局的模式，并在上面填充了许多可供出售的地标和街道。鉴于当时较高的犯罪率，她又加上了一个监狱作为惩罚手段。在游戏设计完成后，她将这款游戏命名为《地主游戏》（*The Landlord's Game*）。在看过游戏的初版图时，相信绝大部分人都能看出，这款游戏就是如今《地产大亨》的雏形，因为看起来实在太像了。

事实上，丽兹为这款游戏设计了两个机制。第一个机制叫作“垄断（monopolist）”，这个机制和我们现在玩的《地产大亨》机制完全相同。玩家通过不断购买房产、收取租金的方式积累财富，获胜的方式是将其他玩家搞破产。

1

2

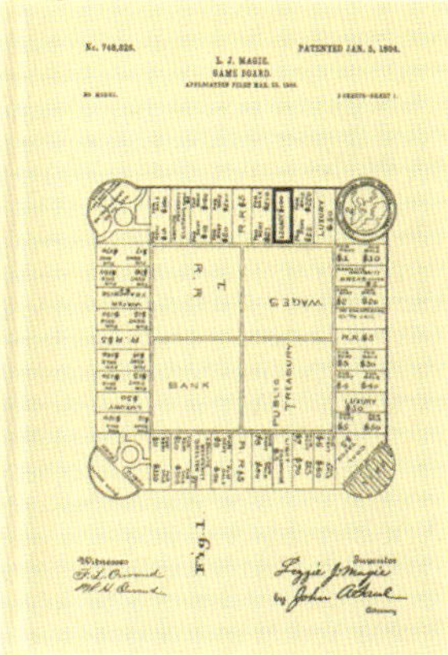

1. 丽兹 · 玛吉的肖像（图片来源：《纽约时报》）。
2. 玛吉为《地主游戏》设计的原始棋盘，她于 1904 年获得了专利。照片来源：美国专利商标局（图片来源：美国专利商标局官网）。
3.《地主游戏》的初始版本（图片来源：《纽约时报》）。
4. 帕克兄弟的照片（图片来源：维基百科）。

3

4

而另一个机制叫“繁荣（prosperity）”，在繁荣机制下，土地公有化，不再属于玩家个体。因此，只要有一名玩家通过发展土地赚到了钱，那么其他玩家都能从中受益。当场上资金最少的玩家也已经赚到初始资产的两倍时，所有人都一起赢得了这场游戏。因此，这可以视为一种“共赢”的机制。

丽兹在 1904 年获得了这项游戏的专利。“该游戏专利旨在揭露土地垄断对经济造成的不良影响，以及用土地价值税作为补救措施的可行性。”在专利申请表中，丽兹这样写道。

在获得专利后，丽兹想把这款游戏发扬光大。她与朋友合伙创办了公司进行发售，并找到当时最大的桌游生产厂商帕克兄弟（后被孩之宝收购）希望进行合作推广，但遭到拒绝。帕克兄弟给出的理由是：这款游戏过程复杂，并认为“繁荣模式”很难受到大众的欢迎。所以这次合作便没有了下文。在随后的几年，《地主游戏》的销量并不高，但在坊间流传很广，各种版本层出不穷。

时间一晃来到了 1930 年。美国经济大萧条导致很多人待业在家，查尔斯·达罗（Charles Darrow）也不例外。有一天，他与朋友在家玩一款改良版的《地主游戏》时，萌生了一个邪恶的念头。他将这款游戏再度改版，并去掉“繁荣”模式，改名为《地产大亨》（*Monopoly*），转头卖给了帕克公司。但是这款改版已经完全违背了丽兹的设计初衷。游戏一经发行，便被抢购一空，达洛咸鱼翻身，版权收入几百万美元，靠着“大富翁”成为真正的大富翁。

而除了 500 美元的专利费，丽兹什么都没有得到。但真正令丽兹心痛的不光如此，游戏设计的初衷被颠覆，这才是让她寒心的事。帕克兄弟公司承诺过会保全“垄断与繁荣”这两种模式，然而他们食言了。丽兹很气愤。她接受媒体的采访，并对此大声疾呼。报道说，如果算上律师、印刷和专利局的费用，那么游戏本身所花费的成本比她得到的报酬还多。

“日光之下，并无新事。”在接受采访时，她对《华盛顿新闻晚报》这样说道。她继续告诉记者，如果达罗和帕克兄弟传播了繁荣模式的理念，让玩家在玩游戏的过程中明白土地私有制是多么的不平等，那么她的努力就没有白费。

5

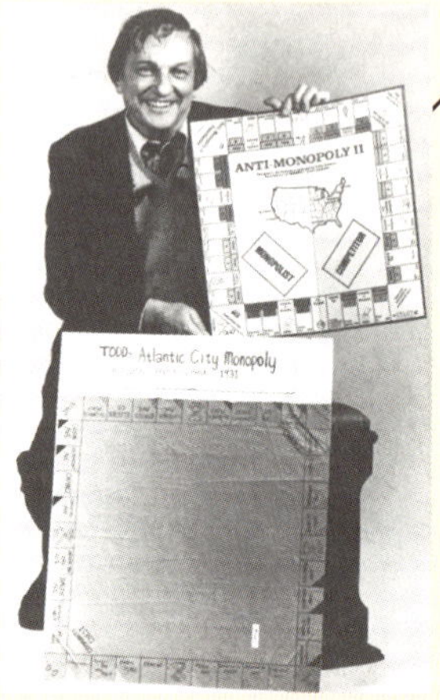

6

5. 在拉尔夫·安斯帕奇（Ralph Anspach）的诉讼中，他找出了 Monopoly 的棋盘最早并不是帕克兄弟制作的证据。丽兹的游戏，为他赢得诉讼起了很大作用（图片来源：布卢姆斯伯里出版社）。
6. 2015 年，由玛丽·皮隆（MARY PILON）撰写出版的《垄断者：痴迷、愤怒和世界上最受欢迎的棋盘游戏背后的丑闻》（图片来源：《纽约时报》桑尼·菲格罗亚）。
7. 《地主游戏》的现代版本——《地产大亨》（图片来源：孩之宝官方网站）。

7

1948 年，丽兹 · 玛吉抱憾离世。直到现在，《地产大亨》的简介中依然没有丽兹的存在。

除了创作游戏外，这位思想先进的女士还是演员、诗人和短篇小说家。她的作品离不开浪漫、痛苦和不公的主题。她关注灵魂，1892 年，她发行了自己的个人诗集《我的订婚》（*My Betrothed*），标题诗的主题关于燃烧的灵魂和浮躁的欲望。她关心穷人，在 1895 年发行的《大众月刊》（*Popular Monthly*，当时最著名和最受欢迎的期刊之一）中，她发表了名为《为穷人造福》的短篇小说，故事讲述了一个贫穷的男孩通过在剧院里卖糖果来挣扎养活自己和他的母亲。她还是一名工程师，在 1893 年发明了一种小工具，可以使纸张轻松通过打字机，从而简化打字过程。这个发明获得了一项专利，那时美国获得专利的女性还不到百分之一。她 44 岁结婚，膝下无一子。除了主张女性自由自主的权利外，她终身都在宣扬自己的政治思想。“让我们的后代清楚地看到这种土地制度的不公。终有一天，这种邪恶会被消灭。”她说。

好在后代的人努力为她正名。1970 年，一位名叫拉尔夫 · 安斯帕奇（Ralph Anspach）的经济学教授试图推销一款名为《反垄断》的游戏。这次，帕克兄弟一纸诉状将其告上了法庭。最后，经过将近 10 年的诉讼，法院做出了对安斯帕奇有利的裁决。帕克兄弟被剥夺了“Monopoly”商标，“反垄断者”获胜。2015 年，作家玛丽 · 皮隆出版的《垄断者》一书，从头到尾还原了《地产大亨》背后的真相。

2019 年是《地产大亨》发行的 80 周年。在 2019 年 9 月，孩之宝发行了一款游戏《地产大亨女士》。玩家无须投资房地产，而是将资金投入女性创造的发明中：如无线网、巧克力曲奇、太阳能供暖等。孩之宝发言人表示：“通过推出《地产大亨女士》，我们希望对社会做出诸多贡献的女性表示认可，并向她们致敬。”

大部分人并不买账。有网友对此评论：“如果孩之宝真的想用《地产大亨女士》展现女性的杰出能力，为什么不承认是一位女士发明了《地产大亨》？”

或许，人类的本性就是贪婪、抢夺、厮杀，追求掠夺的快感。这也是《地产大亨》如此经久不衰的原因，人们享受对拥有更多金钱的遐想。但如今，伴随着世界的和平和进步，在下次玩《地产大亨》时，我们或许可以尝试让所有玩家“共同繁荣”。

8. 玩《地产大亨》的女孩们（图片来源：盖蒂图片社）。

8

伊丽莎白·哈格雷夫（Elizabeth Hargrave）代表作：《展翅翱翔》（Wingspan）出版年份：2019 年 全球排名：29

伊丽莎白·哈格雷夫在 2019 年展现出来的成绩不仅让她成为女性桌游设计师的代表人物，更让她有自信去组建一个“100% 女性桌游设计工作室”。《展翅翱翔》在这份榜单中相较于其他女性设计师的作品一骑绝尘，即便和 2019 年所有的桌游产品相比它也是最好的那一个，它树立了一个完美的现代桌游产品设计的标杆，也难怪拿到了 SDJ 黑标奖。

鲍文·西蒙斯（Bowen Simmons）代表作：《拿破仑大捷》（Napoleon's Triumph）出版年份：2007 年 全球排名：507

你也许很难想象一位女性会去设计战棋游戏，但如果你了解到如今的西蒙斯女士是一位跨性别者可能更会大吃一惊。6 年前已经在桌游设计界颇具名气的“他”坦承自己的身份，从那时起她有了新的法定名字“蕾切尔”，这也被她标记为新人生的开始。一年之后推出的《拿破仑大捷》成为战棋游戏中最伟大的作品之一，这也是玩家对她的肯定。

10 位当代最好的 女性独立桌游设计师

TEXT / Vincent

无论是现实生活还是编剧设定，我们的见闻之中总有家庭主妇忙完柴米油盐之后通过“小说家”的新身份实现社会价值的故事。同样，如今许多女性也开始通过桌游设计来展现自己的才华，其中更不乏独立创作的优质产品。

苏珊·麦金利·罗斯（Susan McKinley Ross）代表作：《扣扣棋》（Qwirkle）出版年份：2006 年 全球排名：744

2002 年罗斯女士创立了灵感小鸭（Idea Duck）公司，专门为儿童与家庭设计玩具、游戏以及手工艺品。《扣扣棋》作为公司最成功的作品推出之后广受好评，之后获得了诸如 SDJ、门萨选择奖等重量级奖项。如今国内一些儿童自媒体推崇的《小小猫头鹰》（*Hoot Owl Hoot!*）也是来自罗斯女士的设计。

玛莎·J. 法尔克（Marsha J. Falco）代表作：《形色牌》（SET）出版年份：1988 全球排名：1329

很难想象作为目前世界上流传最广的抽象卡牌游戏之一，“SET”最早是用于研究德国牧羊犬癫痫遗传病使用的。作为一名人口遗传学学士，玛莎为了跟踪狗的各种特征，创建了带有每条狗信息块的文件，并设计了标识信息的符号，在向兽医解释档案卡上组合背后的数学特性时，她发现了其中的游戏乐趣。从此以后，她有了新的身份以及自己的游戏设计公司。

FEMALE BOARD GAME DESIGNERS

5

米兰达·埃瓦茨（Miranda Evarts）代表作：《睡皇后》（Sleeping Queens）出版年份：2005 全球排名：2111

出生于不莱梅的卡佳是一位平面设计师，她满足于自己的职业，但是脑海中总是闪烁着儿时母亲送给她的那个带着小小的人物模型以及彩色玻璃的桌面游戏。40 年过去了，规则她已经不记得了，但是她终于决定去实践自己对于桌游的想法。于是 2018 年《格子花纹》这款小游戏出版了，并在之后立即风靡全球。

6

卡佳·斯特里梅尔（Katja Stremmel）代表作：《格子花纹》（Krass Kariert）出版年份：2018 全球排名：2152

Gamewright 游戏公司每年都会收到数百个游戏投稿，但最终只会从中选择 6 到 8 个，这一年他们收到了一个来自 6 岁女孩的游戏设计方案。这就是《睡皇后》从米兰达的梦中走向千家万户的契机，一个拥有桌游习惯的家庭，一个失眠的念头，一家人的积极响应，成就了桌游行业最年轻的设计师诞生，而这款游戏的完整性、趣味性也足以满足成人的需求。

7

索菲亚·瓦格纳（Sophia Wagner）代表作：《诺瑞亚云中城》（Noria）出版年份：2017 全球排名：2177

作为第一个拿到 SDJ 奖学金的女性独立设计师，索菲亚于 2017 年出版了自己的处女作《诺瑞亚云中城》，在这款蒸汽朋克与浪漫主义结合的作品中，她独创了名为“滚轮构筑”（wheel building）的机制，这对于女性设计师来说是非常少见的创新行为。而更难得的是，在处女座获得成功之后，索菲亚每年都有新游戏设计出版。

8

克里斯汀·海斯（Kirsten Hiese）代表作：《喀拉拉邦：大象之路》（Kerala: The Way of the Elephant）出版年份：2016 全球排名：2281

克里斯汀曾经为自己的三个孩子设计过一款游戏，但是后来偶然间读过的一篇关于如何从事游戏设计的文章改变了她的生活轨迹。迄今为止一共有 21 款克里斯汀设计的游戏问世，而《喀拉拉邦》无疑是最特别的一款，这不仅因为它曾经在纽约游戏展上引人关注并且在桌游极客（BGG）上排位极高，更因为这款作品也有她家人的智慧注入其中。

简·奥斯汀留给了后世文艺工作者无限的发挥余地，但若是说改编成游戏，似乎也只有桌游才可以模拟那些小情小爱之间的微妙。思凡诺博士作为明尼苏达州一位杰出的音乐家，在指挥乐团之余自己设计并且绘制了一款精巧有趣的卡牌游戏《嫁给达西先生》，在众筹网站发布之后不仅受到了奥斯汀书迷的追捧，也得到了桌游玩家的极高评价。

鲜艳、简单、开放，如果让丽塔来形容她设计的游戏，她会给出这三个词，如果你恰巧是这位“桌游网红”的 ins（照片墙）好友，你会发现她的生活风格也是如此。《工作之人》是她从一个游戏爱好者到游戏设计师转变的第一款作品，一经问世即成为 2019 年的好评之作，之后丽塔活跃在欧洲各地的展会上，不仅推广自己的产品，同时也为新的设计收集灵感。

9

丽塔·莫德尔（Rita Modl）代表作：《工作之人》（Men At Work）出版年份：2019 全球排名：1318

10

艾丽卡·思凡诺（Erika Svanoe）代表作：《嫁给达西先生》（Marrying Mr. Darcy）出版年份：2014 年 全球排名：3084

观鸟中的伊丽莎白·哈格雷夫（摄影：马特·科恩）

羽翼丰满，展翅翱翔

专访《展翅翱翔》设计师伊丽莎白·哈格雷夫

TEXT / 可乐吨吨机

可以说，伊丽莎白的机制设计和娜塔莉亚的插画风格是《展翅翱翔》能够成功的很大一部分原因。令人惊喜的画风和游戏机制使它超过了身为一款桌游的价值。那么，《展翅翱翔》为何如此出众？在探索了这个神奇的设计团队后，我们得出的答案是：持续不断的坚持、包容性和对鸟儿的热爱。游戏会结束，但是对于美好事物的探索永不会止步。

桌游到底该如何定义？打开桌游极客，我们会看到各式各样的游戏：有的包装十分精美，有的策略性极强，有的十分注重团队作战……但纵览游戏排名，我相信有一款游戏一定会吸引你的目光，那便是《展翅翱翔》。

乍一看，这只展开翅膀保持着飞翔姿势的鸟儿非常吸引人，当你打开游戏包装后，它也一定不会让你失望。这款游戏由知名桌游公司斯通梅尔（Stonemaier Games）发布，鸟类专家伊丽莎白·哈格雷夫设计，带有可爱的鸟蛋组件和 170 多种鸟类的插图，简直是一本行走的鸟类百科全书。超高的颜值、种类繁多的卡牌、丰富的鸟类知识……每个细节都无一例外地向我们展示了这款游戏的精致程度。这款游戏大热的背后，有几个令人印象深刻的故事。

最初，设计师伊丽莎白丰富的游戏设想并没有深深打动公司负责人杰米。斯通梅尔公司所出版的游戏大都以热门 IP 为主题，多为硬核游戏，但《展翅翱翔》是一款科普类的卡牌桌游。杰米并不能确保它能受到多少欢迎，但他和很多玩家都十分喜欢这款游戏的主题，于是在第一版发行时只做了 10 000 份。事实证明，他们低估了游戏受欢迎的程度。而该游戏在国内网上商店上架时也立刻被抢购一空。在桌游极客上，你可以看到大量的关于《展翅翱翔》的帖子和讨论。可以说，游戏取得了空前的成功。“对我来说，重要的不是鸟儿，是收集美丽事物令人心满意足的感觉。” 杰米说道。

《展翅翱翔》背后的艺术家

来自哥伦比亚的艺术家安娜和娜塔莉亚负责《展翅翱翔》的插画工作。此前，娜塔莉亚并不是专业做桌游插画的插画师，也不是桌游的爱好者。大约两年前，娜塔莉亚与好朋友安娜合伙在网上发布了一些关于野生动物的画作。几个月后，斯通梅尔的创始人正在寻找一位艺术家为他们的新游戏做插画，娜塔莉亚提议为他们画一只鸟儿，于是，一切就开始了。

在接到《展翅翱翔》工作委托之后，娜塔莉亚交给杰米一份她绘制的彩色铅笔鸟类图，其现实主义的表现手法非常“奥杜邦”，这让产品设计团队不再考虑其他的插画师人选。

“精确是做科学插图的关键所在。我对鸟的种类、地点、年龄等方面的差异进行了研究。我尽可能地构绘最能代表鸟类特征的形象。然而，我们也希望增加一些富有挑战性的图，这样我们就可以继续学习和成长。”娜塔莉亚在接受采访时说道。

为了帮助插画师更好地了解鸟类，进而进行更真实的描绘，伊丽莎白带领插画师们接触了出色的野生动物摄影师，并获得了依照他们的照片来绘制图片的许可。然而，有些濒临灭绝的鸟类无法找到它们的图像，插画师们不得不大量练习，并运用灿烂的想象力来勾勒出鸟儿们的生动形象。保护濒危物种——这也使游戏的立意上升到了一个新高度。作为一个完美主义者，在娜塔莉亚的画作中，部分插图需要 7~ 8 小时才能完成，而画猫头鹰更是花了 20 小时才完成。“我们不在意时间，”娜塔莉亚提到，“我们希望每个作品都是完美的，即便要花很多时间。”

坚韧的性格带给了她应有的回报。游戏大受欢迎，娜塔莉亚自己网站上的画作也销量可观。在娜塔莉亚看来，《展翅翱翔》带给她的不仅仅是一份工作那么简单。“为《展翅翱翔》创作的插图极大地帮助我完善了自己的风格，可以说我的每张插图都要比上一张好。它为我带来的不仅是进入桌游世界的机会，还增强了我作为一名新晋艺术家的信心。”

独一无二的设计师

在与朋友们度过了一个愉快的游戏之夜后，《展翅翱翔》的想法浮现在伊丽莎白的脑海。她们开始讨论为什么找不到一款与她们的兴趣主题相关的桌游呢？伊丽莎白喜欢《勃艮第城堡》，但假装自己是中世纪的法国贵族并不是她的风格。“我们有《银河竞逐》，虽然很好，”这是另一款她非常喜欢的游戏，“但有鸟儿吗？”于是，《展翅翱翔》便由此诞生了。

专注于鸟类并不是游戏唯一与众不同的地方。在一个传统上由男性主导的行业，《展翅翱翔》是极少数全部由女性创意团队完成的游戏，伊丽莎白的网站上也直接谈到了这一点，“在实现性别和种族平等前，我们还有很长的路要走。”但她对于前景保持乐观的态度。

这次，我们也采访到了伊丽莎白，和她聊了聊《展翅翱翔》的大火给她带来了什么，她又是如何看待桌游界的性别问题的。可以说，这位“执拗”的环境保护专家身上有着一股绝不服输的韧劲。除了全世界的鸟儿，她还设计了关于迁徙的帝王蝶的游戏，同时，她也是当地蘑菇俱乐部的成员，喜欢观察各种各样的蘑菇……总之，还有整整一个自然界等着伊丽莎白去开拓。

我们根本无法忽视娜塔莉亚在美术表现上赋予这款游戏的加分，甚至她对奥杜邦这次非凡的致敬直接点燃了你购买这款游戏的冲动。

对话 伊丽莎白·哈格雷夫 Elizabeth Hargrave

D / DICE　E / ELIZABETH HARGRAVE 伊丽莎白·哈格雷夫

D 毫无疑问，《展翅翱翔》已经成为目前世界上最棒的由女性设计的桌面游戏。那么这款游戏的大火给你的生活带来了什么影响和变化？

E 当然。可以说，这款游戏给我的生活带来了翻天覆地的变化。从 2019 年开始，铺天盖地的采访和展会接踵而至，占据了我生活中的大部分时间。在《展翅翱翔》之前，我是一个自由的职业顾问，因此在我的生活中有很多空闲时间。这样的空闲可以让我少花点时间在咨询上，多花点时间在游戏设计上。

D 在你玩桌游的生涯里，哪些游戏影响了你，又是什么样的游戏让你决定自己设计桌游？

E 我经常好奇外面所发生的和人们正在做的事情，于是

我尝试过很多不同种类的游戏，但有两款游戏是我在开始设计《展翅翱翔》时经常玩的（直到现在我还在玩）：《银河竞逐》和《勃艮第城堡》。

为什么我要自己设计桌游呢？尽管我非常喜欢所玩游戏的机制，但我对所有游戏的主题一点都兴奋不起来。于是我想为什么我不设计一款令自己非常兴奋的游戏呢？于是我就那样做了。

Ⓓ 因为游戏的大火，有人说《展翅翱翔》是一款改变了游戏规则的桌游，你同意吗？为什么？

Ⓔ 其实我并没有觉得我们在游戏机制上有什么历史性的创新。毕竟世界上有那么多有趣的桌游。但我希望《展翅翱翔》的成功可以提醒出版商：尝试运用不一样的主题和设计师，有时候这种冒险是值得的。

Ⓓ 你曾经在一次采访中提到过：“完美的数学设计是无聊的，它必须带有人性的火花。”在你看来，《展翅翱翔》中人性的火花体现在哪儿？

Ⓔ 在进行游戏测试时我发现，玩家太喜欢手中的鸟类卡牌，以至于他们不愿意放下。在游戏进行初创设计时，我希望在我的机制下，玩家可以通过弃卡来获得游戏的内在平衡。但是没有人想弃卡，所以我不得不在玩家主动弃卡之前添加一些好处。

我觉得游戏可能就是这样，你设想的完美机制可能并不会被玩家喜欢，所以你必须添加一些“润滑剂”让它不那么无聊。

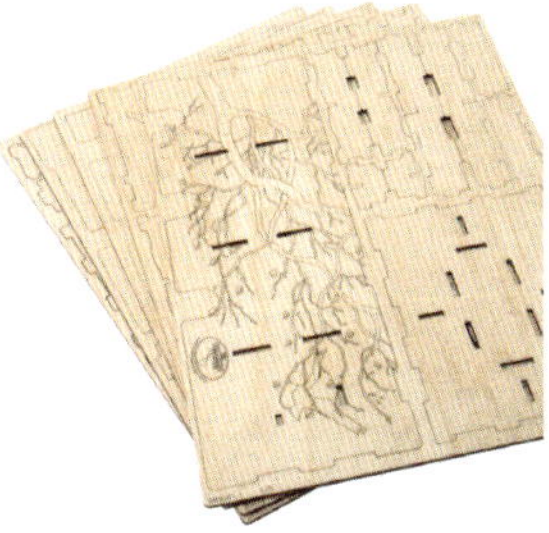

D 你花费很长时间组建了一个女性的设计团队，这样做的目的是什么？你是怎么看待桌游界的一些性别不平等的现象的？

Ⓔ 事实上，能把这个团队组建起来完全是斯通梅尔的功劳，我很高兴团队以这样的方式运行。我认为当一个桌游设计团队的成员全是男性时，无论是在游戏的外观还是游戏方式上，对于男性的吸引力要比女性大很多。所以如果有一个女性团队去做主导，那么最终的游戏就能弥补目前的不足。

D 那在你看来，女性在桌游设计上有什么独特的优势吗？你们的团队又有什么自己的设计风格呢？

Ⓔ 我说不太好，但我可以告诉你的是，在斯通梅尔发行的游戏中，《展翅翱翔》的脸书小组里的女性要比其他游戏脸书小组里的女性多出 2~3 倍。对于设计风格来说，

其实我并没有打算制作一款女性向的游戏，我只是想做自己喜欢的东西。但我强烈认为，游戏的制作团队里，无论是性别还是性格，一定要多样化，这样做出来的游戏也会吸引多样化的群体。

Ⓓ 你认为《展翅翱翔》成功的原因是什么？

Ⓔ 在我设计游戏时，我的第一个愿景就是希望这款游戏可以吸引玩过很多桌游的人，但也可以让那些没有桌游爱好的人、鸟类观察家轻松上手。大体上我们做得不错，这也是游戏成功的原因之一。为什么我会说“大体上”呢？因为很长一段时间以来，我们这些经常玩“重策”游戏的人已经忘了新玩家在玩游戏的时候要面临的挑战了，包括《展翅翱翔》。总难免会有人来《展翅翱翔》脸书小组问：“我觉得这是一个非常好的关于鸟类的游戏，但是我搞不懂怎么玩。”但总的来说这款游戏的机制对于新人玩家还算友好。

所以，对于新人来说，虽然不太容易，但是鸟儿可以给他们学习的动力。对于老玩家来说，游戏机制很容易掌握，但永远有不同的东西可以探索。 并且游戏中你所抽到的目标卡、奖励卡和鸟类卡都会使每场游戏变得不一样。这就会让你想试试下一把你会不会玩得更好，这就是一种很好的感觉。

Ⓓ 在设计游戏时会有什么遗憾吗？

Ⓔ 对于所有的游戏，你都可以一直不停地去修正它的机制，但在某一个时刻，你只要做好一个决定即可，那就是：我已经做好了。如果我们再进行 6 个月内测，游戏会有些不一样吗？也许会的。但游戏发行时我有遗憾吗？答案是否定的。

专访《动物将棋》设计师北尾圆

室内女性的世界之旅

也许很多桌游的设计初衷就像《动物将棋》一样简单，也许很多足不出户的女性也都像北尾圆一样有一份自己的爱好。事情的关键在于，你是否可以将自己的爱好点燃，让自己的人生变得丰富。

TEXT / Vincent

北尾女士自称是一位“室内女性”。

4 岁起她开始学习小提琴，由于担心弄伤手指，所以从不去户外玩耍，这样一来她的所有兴趣爱好就都得在室内展开了，包括读书、纸牌以及各类棋盘游戏；到了高中，在寄宿学校里，周围的人总是带来新鲜的游戏，这也唤醒了她儿时的记忆，她随后加入了将棋社；20 岁那年她成为职业将棋手，并且开设了自己的将棋教学班，以教授别人将棋棋法为业，而走向世界的起点，也就从那间屋子开始了。

当一个 4 岁的孩子对将棋产生好奇心时，北尾圆知道，且不说传授复杂的棋法，单是认识棋子上的汉字、记住升变规则对他来说都为时过早。一边作为棋手比赛，一边推广将棋的北尾一直有撰写一本“将棋入门教材”的想法，而眼前遇到的问题激发了她化繁为简的灵感，一款初衷旨在向少儿讲解将棋的“入门游戏”就这样设计出来了，它就是之后在全球销售突破百万套的《动物将棋》的雏形。

如今，曾经的“室内女性”因为《动物将棋》的成功开始环游世界，每每出场都是身着和服，保持传统的日本礼仪，用最简单的方式向完全不懂日文的人讲述这一日本传统智力运动。《动物将棋》将传统将棋 9X9 的格子简化为 3X4 的格子，棋子只剩下 4 种，并且用小鸡变公鸡的设计适当地带入了将棋中“升变”的概念，同时也保留“吃子打入”的棋法，使得看似简单的游戏增加了变化与深度。藤田麻衣子为游戏初版设计的动物图案非常具有亲和力，并且通过几个圆点便直观表现出每个棋子行走的方式，同时棋子制作也采用颇具立体感的木块材质，大小适合儿童的双手。

去年，《动物将棋》刚刚被移植到 Switch（掌上游戏机）平台，很多人抱怨 5000 多日元的售价太贵，因为 iOS 平台上的免费版已经是最成功的桌游移植产品了。如今《动物将棋》成为一个独立的“机制 IP”，合作方纷至沓来，许多受欢迎的形象都在这咫尺见方的版图上“将棋化”了，而北尾与搭档藤田还制作出了各种大型版本的装置游戏，用于将棋讲解的公开活动，这一切足见《动物将棋》在市场上受欢迎的程度。

那位只拥有“室内爱好”的女士，如今却用自己的爱好感染了世界上无数从未谋面的玩家，想来是她自己最初也未曾预见的吧。

D 能否请北尾女士先介绍一下自己？另外，您最近这一段时间主要在做什么？

Ⓜ 读者朋友，大家好。我是东京的北尾まどか，我是一名将棋女选手，目前是职业二段，我也是《动物将棋》的设计师。近期我主要经营着自己的将棋公司 Nekomado，公司业务是将棋的教学以及文化推广，另外我还在编写一本关于将棋棋法的书。

D 是什么契机让您萌生要做《动物将棋》这款游戏的想法？

Ⓜ 我想让更多人了解将棋这个有趣的游戏，所以开始教别人将棋。但是，将棋的规则非常复杂，记不住的事情有很多，所以我想做一个可以非常容易上手，并且很快就可以结束的将棋“入门教材”。有一次我的教室有一个跟随家长来的 4 岁孩子，在大人散去后他告诉我说想学习将棋，但我觉得对他来说这还太早，因为这个孩子还不识字，所以没有办法认全将棋的棋子。但是后来，我找到了好方法，我想把这些字都画成孩子可以接受的图案，于是我找到了藤田麻衣子女士。然后我发现我们没有办法长时间向孩子传授将棋复杂的规则，他们无法保证注意力的集中，于是我们将规则简化成了现在这个版本，我发现这恰好是我一直在寻找的“入门教材”。

D 在此之前您设计过桌游吗？如何把将棋与您的设计理念结合，最终实现了这款产品？

Ⓜ 并没有，但即便设计出上面说的那款游戏的时候，我们也没有抱着“做一款新桌游”的想法，而是将其当作教材(课件)来使用的。没想到后来它的反响非常好，得到了“试着卖一卖”的建议，我们这才开始将它包装成桌游，推广到市场上，没想到大家都很喜欢。

D 为推广《动物将棋》您做了哪些事情？在您看来这款游戏现在的市场效果，是否超出您的预期？

Ⓜ 因为游戏的规则简单，用图形代替了汉字，我看到这款游戏为“不懂将棋”的孩子带来了许多快乐，于是我想是否也可以把将棋推广给那些不懂汉字的人。于是那一年我们去了埃森 Spiel（全球最大的桌游展），为了让海外的厂商也能制作、销售这款游戏，进行了大量的交涉，这一步真的是《动物将棋》走向世界的关键。

在此之后，我们开始和各种各样知名的动画角色合作，替换藤田女士原版绘制的动物图案，这就让游戏可以触达更多的群体。再之后合作越来越多，例如将游戏变成点心的包装，进入儿童教材，成为快餐店儿童套餐的赠品……从 2008 年开始，将近 12 年的时间，这款游戏累计销售了 100 多万套，这真的远远超出我最初的预计。

D 《动物将棋》是一款非常轻松的游戏，不知道您是否有统计，通过玩这款游戏，转而去学习真正的将棋的人，主要有哪几类人群？

Ⓜ 我没有办法统计所有的人，我相信还有因为喜欢上《动物将棋》而去了解将棋规则的人。我每年都会举行“动物将棋大会”，有一次获得第一名的男孩来到了我的教室，开始正式学习将棋。虽然他还是个一年级的小学生，但是能感觉到他在慢慢变强，我期待他之后会成为一个不错的职业棋士。

D 近些年来有很多体量与《动物将棋》类似的小游戏出版销售，为什么日本的设计师都喜欢设计小游戏？

Ⓜ 说起来还真是这样，这些年日本本土设计师设计的游戏都是偏向简单紧凑型的游戏呢。我想着大概是因为日本的生活环境所导致的吧，居民大多居住在较小的空间里，很多日本家庭并没有施展开德国大型桌游的地方，也就始终没有养成玩复杂的策略游戏的习惯，故此那些操作简单、不占过大场地的游戏往往更受欢迎吧。不过随着桌游在日本越来越流行，以后喜欢长时间玩桌游的人会增多，市场也会变大，应该就会有更多的设计师来设计这种游戏了。

D 职业女棋手在日本是怎样的存在？他们在数量上、棋力上以及社会地位上和男性棋手相比是怎样的？

Ⓜ 现在日本有 70 名左右女性职业将棋棋士，而下将棋的女性与男性的比例大概是 1:10，棋艺水平相比于男性棋士还是比较弱的。在我刚开始学将棋的时候这个份额更少（大概 100 个下棋的人中只有 1~2 个女棋手），现在已经增加了很多了，相信这个人数还会增长。其实女棋士的制度建立起来只有四五十年的历史，这个专属的制度是针对不同范围的棋手而形成的，本来棋手是不分男性和女性都可以取得资格。

D 近些年，日本女性对待工作的观念与自身社会价值的问题有了很大的变化，您如何看待这一现象？

Ⓜ 我周游世界所感受到的是，日本还有很多人保持着封闭的落后想法。无论是女性还是男性，任何人都应该活用自己的能力，把喜欢的事情作为工作，自己的人生也会变得丰富，进而把对于喜欢做的事情的正能量注入世界的发展中来。沉迷于喜欢的事情，在这个过程中不断进步，把它和周围的人分享，这样大家都会变好。我很喜欢下将棋，能把将棋当成工作是很幸福的事情。

D / DICE　Ⓜ / MADOKA KITAO 北尾圆

尝试动手制作自己的《动物将棋》吧！

《动物将棋》此前由中国台湾新天鹅堡引进，并在之后由大陆的智研家代理。你在下一页看到的是这款游戏中文最新版的棋盘与棋子。你可以尝试自己去制作《动物将棋》的棋盘，并且将你喜欢的形象做成棋子打印出来，按照下面的规则就可以进行了。

游戏规则：1. 如图制作棋盘、棋子，注意棋子上的圆点以及棋盘不同颜色的两个区域；2. 决定先手后可以按点的方向移动任意棋子一格，若移动位置已有棋子可以吃掉，放在自己的候补区；3. 到你的回合你可以选择不移动棋子，而将候补区一枚吃掉的“敌方”棋子移回到场上任意空格的位置作为你的棋子使用；4. 当“鸵鸟”移动到对方的区域后，则翻面变成“秃鹫”，相应的移动方式也发生改变，但“鸵鸟”无论以何种形态被“吃掉”，返回场上的任何位置，都以“鸵鸟”的形态入场。

分出胜负：1. 谁先抓到对方的“狮子”谁就赢了；2. 谁的“狮子”可以平安到达对方的阵地而不是下一步被吃掉，也会获胜；3. 谁都不能跳过自己的回合，于是当动物走来走去的一种局面重复三次，就算平手。（*PNP 游戏简单，购买一款实体版则更具质感。）

SHOGI — ANIMAL EDITION
动物將棋
MADOKA KITAO

好玩的好设计

她们用桌游表达自我

TEXT / 可乐吨吨机

南非 SOUTH AFRICA

卡玛·艾尔斯顿
Karma Elston
《好运与厄运》
Good Karma / Bad Karma

南非 SOUTH AFRICA

梅根·伯德
Megan Bird
《我们的故事》
The Story of Us

韩国 KOREA

INACOMS 团队
《拯救北极熊》
The Polar Bear & Grizzly

西班牙 SPAIN

《区域》设计组
El briefing
《区域》
La comarca

立陶宛 LITHUANIA

玛莉亚·埃格洛娃
Marya Egorova
《勃鲁盖尔主义》
Bruegelism

捷克 CZECH
詹娜·苏克尼科娃
Jana Sukenikova
《岛屿》
The Island

瑞典 SWEDEN
弗里达·克莱希奇
Frida Clerhage
《疯狂马戏团》
Ritjakten

西班牙 SPAIN
阿兰查·西斯特·洛佩斯
Arantxa Gisbert López
《格瑞姆的丛林》
Grimm's Forest

德国 GERMANY
米里亚姆·汉森
Miriam Hansen
《月球》
Loonar

加拿大 CANADA
亚历山大·杜兰德
Alexandra Durand
巴西 BRAZIL
安娜·露西亚·马加良斯
Ana Lucia Magalhaes
意大利 ITALY
帕特里齐亚·利瓦伊
Patrizia Levi
《风中的温蒂》
Wendy im Wind

罗马尼亚 ROMANIA
丹妮拉·加耶
Daniela Gaie
《CMYK》

这些女性艺术家并非传统的桌游设计师，但是她们选择用“桌面游戏”这种载体来传达自己的诉求，大多数作品非商业使用，有的是实践一瞬间的灵感，有的是传播环保理念，有的是自己的毕业设计。甚至，有的是为一场求婚准备的道具……

Good Karma / Bad Karma 好运或厄运

设计师：卡玛 · 艾尔斯顿 · 游戏人数：1~2 小时，取决于玩家的数量 · 年龄范围：13 ~ 50 岁 · 游戏时间：60 分钟

设计师个人主页：www.behance.net/arantxagisbert

“主宰命运，或者被命运主宰……”

为了探寻生活中的乐趣和幽默感，卡玛 · 艾尔斯顿（Karma Elston）决定为自己的个人品牌设计一款游戏。在构思了一些基本概念后，艾尔斯顿将自己的名字“Karma”（直译为“因果报应”）作为游戏的主题，通过抽取好运牌或厄运牌来决定游戏的走向。游戏的目的是通过收集好运代币以获得胜利。玩家登陆黄色区域时会获得一张黄色挑战牌，完成挑战则可获得好运代币，再次完成挑战则可获得好运令牌，其他玩家则通过做一些任务的方式来决定该玩家是否可以获得该令牌。任务包括真心话大冒险、辩论一个荒谬的论题、猜谜语等。当玩家登陆粉色区域时，会抽取一张粉色命运牌，该牌可以是好运牌也可以是厄运牌，它将会影响玩家的游戏走向。

如果玩家愿意，他们也可以用“饮酒规则”来玩游戏。使用规则：在比赛开始时，玩家必须使用小玻璃杯，用水装满一半，用伏特加酒等酒精饮料装满另一半。一旦玩家集齐所有 6 个好运代币，他们必须尝试在其他玩家之前到达中心区域以获胜。

卡玛认为，这款游戏反映了生命中“命运”这个词的本质，同时利用游戏的不确定性，将人们聚集在一起，完成一些幽默和有趣的挑战。

the die, the player with
. You may then choose to take
se or anti-clockwise order.
GOOD KARMA - BAD KARMA - GOOD KARMA - BAD KARMA -
SPF 50
BAD KARMA - GOOD
BAD KARMA - GOOD

THE ARCADE EMPIRE
You have entered the Arcade Empire and found the 1st magical item: JACK DANIELS' SUITCASE. Use it to store the other magical objects you will find on your journey.
READING
You have reached the Festival of Reading and found the 2nd magical item:
You have reached The Library of Flowers and found your 5th and final magic item: THE BOOK OF FANTASY CLICHES. It contains the spell you'll need to defeat the Spider King. All that's left is to trawl the dusty shelves and find his lair
SNAIL
MARY'S
HOSPIT

The Story of Us 我们的故事

设计师：梅根 · 伯德 · 游戏时间：30~45 分钟 · 玩家人数：2 人 · 设计师个人主页：www.meganbird.com

当梅根 · 伯德（Megan Bird）的朋友请求她为自己设计一款用来求婚的桌游时，她完全被这个浪漫的想法打动了。

这位来自南非的插画家有着 7 年的工作经验。她于 2011 年获得了 Open Window 视觉传达设计学院的文学学士学位。次年，与友人共同创立了插画团体 DRIEHOEK，并在约翰内斯堡、开普敦和比勒陀利亚成功举办了多次插画展览。对于这款游戏，她的设计想法是这样的：玩家进行角色扮演，分别前往 5 个不同的区域进行探索。每个区域都代表着重要的时间，象征着这对夫妻所经历的一切。它们代表着快乐的时光，如喜欢的音乐和旅行、最喜欢的聚会地点以及共度的艰难时期。在游戏结束时，玩家将会进行一个角色扮演，与蜘蛛王战斗，挽救曾经被绑架的吟游诗人。当她站在山间巢穴时，见证了她一路上勇敢热诚的吟游诗人，举起旁边的小山峰，只问她一个问题，那就是——“你愿意嫁给我吗？”

这款游戏的设计初衷是希望唤起夫妻间幸福和快乐的回忆，寻找生活中的彩蛋，重温更多的喜悦和爱。

拯救北极熊

The Polar Bear & Grizzly

设计师：INACOMS 团队 · 游戏年龄：所有 · 游戏人数：2~4 人 · 游戏时间：30~40 分钟 · *该游戏为非商品类

来自韩国的设计师团队 INACOMS 由 5 个可爱的女生组成。INACOMS 是“in a computer”的缩写。一次，她们偶然阅读到了一篇关于灰熊和北极熊的文章。受到该文启发，女孩们决定自制一款桌游，用来警醒人们关注北极熊减少的事实，提高对环境变化的重视。

由于全球气候变化和食物的缺乏，生活在北极的北极熊和生活在苔原的灰熊分别前往对方的栖息地。当两个物种的重叠范围增加时导致了“Pizzly”（灰北极熊）的诞生。但是这种物种的增加可能导致北极熊减少——甚至灭绝。游戏需要玩家通过抽取卡片以及移动进行游戏，当北极熊卡片相遇时，翻出新的北极熊卡片；当灰熊卡片相遇时，翻出新的灰熊卡片。但是当北极熊卡片和灰熊卡片相遇时，就要翻开“Pizzly”卡片，玩家也需要回到起点。先到达终点的玩家将会获得胜利。

游戏中，各种动物类型的卡片是用计算机制作出来的。INACOMS 的设计风格简约灵动，使这些动物栩栩如生。玩家在玩游戏的同时也可以了解不同动物的习性，INACOMS 也希望通过这款游戏来提高人们对于气候变化的重视。

ARCTIC CARD
POLAR HARE
POLLUTED FISHES
ARCTIC FOX
TUNDRA CARD
TUNDRA CARD
TUNDRA CARD

La comarca 域区

设计师：《区域》设计组 · 游戏年龄：18+ · 玩家人数：2 人 ·

设计师个人主页：www.behance.net/gallery/81688729/La-comarca-board-game

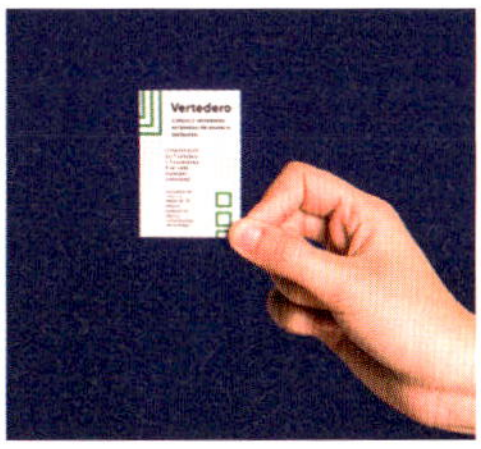

明亮的色彩，简洁的线条，这是构成《区域》（*La comarca*）这个卡片游戏的主要特质。最初，来自道路与工程学院的学生提交了一个提案，4 位设计学院的学生合议后决定做一款简洁抽象的游戏。游戏灵感就来源于街道，蓝色的波浪代表着海，橘色的线条代表着麦地，黑色的三角代表着教堂，还有一些元素代表着医院、学士帽、垃圾场、摄像头……她们采撷了生活中显而易见的建筑做艺术加工，并采用 3D 打印。游戏素材由纸板、事件卡和盒子等简单的设备组成。《区域》采用一种抽象的语言呈现，纸片上是一些简单的图案和形状，结合了十字线和鲜艳的色彩，实现了简约干净的效果，同时又充满了乐趣和青春感。

或许，好的设计就是这样，不需要太过复杂的图形，只需简单的色彩填充，也可以达到如此完美的效果。

勃鲁盖尔主义 Bruegelism

设计师：玛莉亚·埃格洛娃 · 设计师个人主页：www.behance.net/egorka-mlk

奇怪的知识又增加了

老彼得·勃鲁盖尔（Pieter Bruegel），文艺复兴时期著名画家，以乡间和农民景象的画作闻名。1559年，他省略名字Brueghel当中的“h”字母，而在作品上署名Bruegel。《勃鲁盖尔主义》游戏设计师注意到这点后，将两个名字共同放在了游戏盒子和版图中，仅供玩家参考。

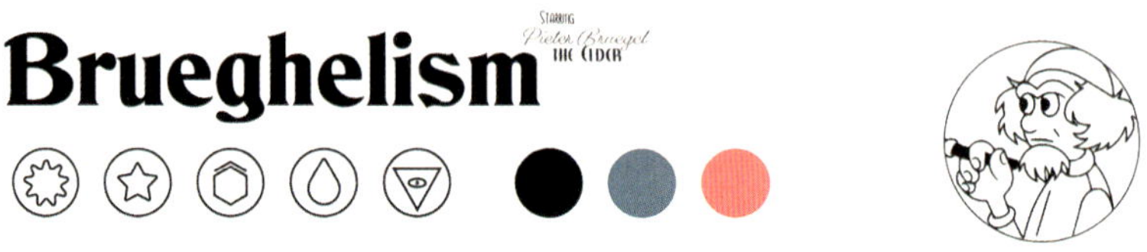

Deneane regular
Gaulreaux light
Bittersweet NF regular

在一片神秘的大地上，存在着好人与坏人，天使和恶魔。人们来这里冒险，当恶魔遇上冒险家，善良的人遇到艺术家，故事又会碰撞出怎样的火花？答案尽在《勃鲁盖尔主义》（*Bruegelism*）中。《布鲁格布列恩》是一款卡牌类游戏，玩家通过掷骰子前进以获得分数，游戏目标是收集最多的分数来完成任务。当有一个人到达终点时，游戏就结束了。需要注意的是，第一个到达终点的人会得到很多分数。游戏中的卡牌十分重要，上面标注着它的属性与得分点，其中有的代表恶魔，有的代表善良的人，有的代表自然，有的代表艺术家……最右侧的数字代表了加减分项。游戏的画风清奇有趣，这是一种源于20世纪20至30年代的橡胶管动画的卡通风格。游戏中的卡牌人物根据真实历史人物改编，玩家在玩游戏的同时也可以学习历史。

Bosch
Antwerp 1550
+3
This is your source of inspiration!
Bruegelism
ME studio © 2019

Charles V
1530-1558
The Holy Roman Emperor wants to execute all non catholics.
1-3 Inquisition is burning people.
3-6 "Court of Blood" is on your feet.
Bruegelism
ME studio © 2019

Hieronymus Cock
Antwerp 1551
+1
Meet your second master!
You worked in his famous printing shop.
However he decided to use you.
Bruegelism
ME studio © 2019

Piter van Aelst
Antwerp 1540
+1
Meet your first master &
future relative!
Bruegelism
ME studio © 2019

Netherlands XVI century
Start
Habsburg Netherlands
Breda 1525
Big Fish
Margaretha van Parma
Deadly Sins: Anger
The Triumph of Dead
Blinders
Brussels 1569
Finish
Bruegel. Invet et Cock. excud. cum privil
Bruegelism ©2019

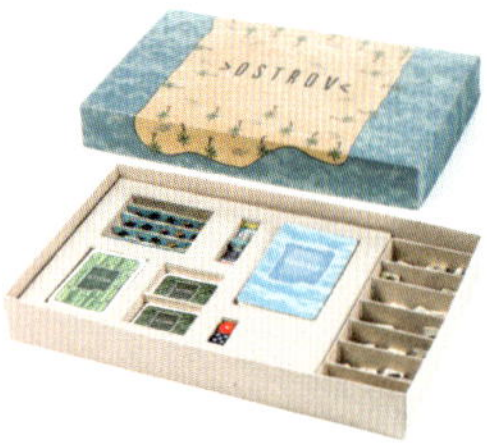

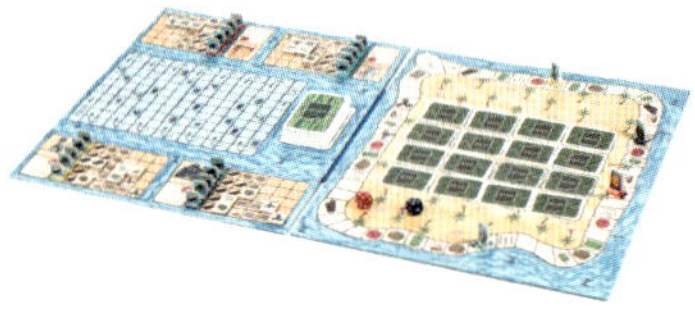

START
KARTA

“我们生活在一个充满智能设备的时代。孩子们甚至还不会系鞋带，就已经知道怎么往电脑或手机里下载游戏了。他们的童年与我们的相比有了很大的不同。如今，孩子们沉迷手机或电脑游戏。但身为一个平面设计师，我依然相信，人们有玩桌游的情怀。”

基于此，詹娜 · 苏克尼科娃（Jana Sukenikova）设计了一套系列桌游名为《岛屿》（*The Island*）。其中包括一款策略桌游、一款记忆游戏和一款德国羊头牌游戏，玩家可以将小游戏放到版图的不同区域来进行游戏。游戏的主要目的是制造一条船来寻找财富或在另一个小岛开始新的生活。为了使游戏便于携带，游戏版图采用磁片材质制作。

这款游戏的设计初衷是让孩子们不再沉迷于电子产品，而是围坐在一起享受游戏的乐趣，逃离岛屿和黑镜世界。

“我的创作过程可以用一句话来概括：把简单的事情做到精益求精的地步。生活一直在变化，但我已准备好接受挑战。”詹娜说。

The Island 岛屿

设计师：詹娜 · 苏克尼科娃 · 适合年龄：5~100 岁，当然也欢迎百岁以上老人参与 · 游戏人数：4 人 · 设计师个人主页：www.fanahshapeless.com

RITJAKTEN
R
R
APPLE
SAG
UFO
STOPP
STOPP
STOPP
BILJETT
BILJETT
BILJETT

Ritjakten 疯狂马戏团

插画设计师：弗里达·克莱希奇 · 游戏时间：30~60 分钟 · 游戏年龄：5+ · 玩家人数：2~6 人 ·

设计师个人主页：www.fridaclerhage.com

你画我猜，这是一款无论男女老少都会喜欢的游戏。来自瑞典的设计师弗里达·克莱希奇（Frida Clerhage）以此为灵感设计了一款集绘画猜词于一体的家庭聚会游戏。无论年龄大小，家庭中的每个人都可以一起玩。 游戏版面展开像一个疯狂的马戏团。由于它既是成人游戏，也是儿童游戏，因此设计必须具有教育意义，同时从成熟的角度出发也更具有吸引力。游戏的主题颜色经过精心选择，以营造一种怀旧的感觉。

一名玩家选择一张卡片，读取信息并开始绘制，在时间耗尽之前，剩余玩家需要进行抢答，最先到达终点的玩家获得胜利。对于那些还没有阅读能力的儿童玩家来说，游戏还有定制的卡片可以同时展现文字和图像，辅助他们进行猜测。这款游戏简单欢快，适合家庭聚会。

el Bosque de los Grimm

Grimm's Forest 格林的丛林

设计师：阿兰查·西斯维特·洛佩斯 · 游戏人数：2~6人 · 游戏年龄：18+ · 游戏时间：60分钟

设计师个人主页：www.behance.net/arantxagisbert · *您可以在网上商城购买该游戏

我们都喜欢经典的童话故事，它们可以带来各种怀旧和对童年的美好回忆：白雪公主、睡美人、青蛙王子……阿兰查·西斯维特·洛佩斯（Arantxa Gisbert López）是一名来自西班牙的设计师，喜欢创作和手工。由于对格林童话的极度热爱，她设计了一款以童话故事为主题的家庭游戏——《格林的丛林》（*Grimm's Forest*）。

游戏目标是利用自己抽取的寓言卡和演绎技巧尝试猜测对方的计划，并充分利用自己的行动破坏对方的计划。在游戏里，棋盘的图案、木块和游戏角色都有自己的符号，分别对应游戏中使用的不同故事。红色代表小红帽、紫色代表睡美人、橙色是汉塞尔和格莱特等等。该游戏的游戏版图与游戏包装整合在一起，因此玩家可以打开盒盖后在上面进行游戏。基于此，它成功地代表了“故事从书中浮现”的想法。

《格林的丛林》风格现代简约，精美的制作将这个游戏与其他家庭聚会游戏相比提升了一个档次。语言卡与朋友卡的加入让游戏具有相当的可玩性。在游戏中，三思而后行，以获得最多的资源，是取胜的关键。

LOONAR 月球

设计师：米里亚姆·汉森 · 游戏时间：60 分钟 · 玩家人数：2~4 人 · 游戏年龄：10+

设计师个人主页：www.behance.net/mijoehansen

月亮，看起来是那么的神秘，距离我们又那么的遥远。当月球成为人们生存的家园，谁会为她而战，谁又将在月球挑起战争？

《月球》（*Loonar*）是一个策略类幻想桌游。月球上共有 4 个部落，每个部落都要为他们的重要资源——月水而作战。玩家的目标是在地图上探索并搜寻珍贵的月球植物以获得生存。为了最大限度地减少运气的影响，设计师采用行动点分配代替掷骰子的方法。玩家花费自己的行动点向地图添加新的六边形图块，以发现不同的生物群落或找到月球植物。当银光闪耀时，4 个古老的部落会派出他们最好的月亮猎人。每个部落都有自己的符号（符号可在游戏元素上找到），它们也有自己的故事和特征。为了创造醒目的效果，设计师将矩形棋盘转移到了包装上。设计师米里亚姆 · 汉森（Miriam Hansen）最初的设计目的是探索模拟 UX 设计。从设计到对角色进行 3D 建模，汉森独挑大梁，也是通过这款游戏，她逐渐走出了自己的舒适区，收获了新的人生。

loonar
• DER KAMPF UM DAS MONDWASSER •
loonar

风中的温蒂 Wendy im Wind

2014年秋天，德国北部。三位来自不同国家的设计师相聚在一个交流项目中。她们受命创建一款桌游。为了寻找灵感，三个女孩用徒步旅行的方式来探索岛屿。11月的深秋异常寒冷，三个人在海边漫步，风呼啸着吹起她们的头发，暴风雨的来临使她们的灵感得到迸发，这款游戏因此而来。她们决定设计一款记忆游戏，以被风吹起的女孩为原型。她们采用当地小岛上的扑克牌工厂进行印刷，以相同的样式绘制角色，将人物切割、定型并用蓝色上墨。当墨水变干时，裁剪卡片，游戏就制作完成了。

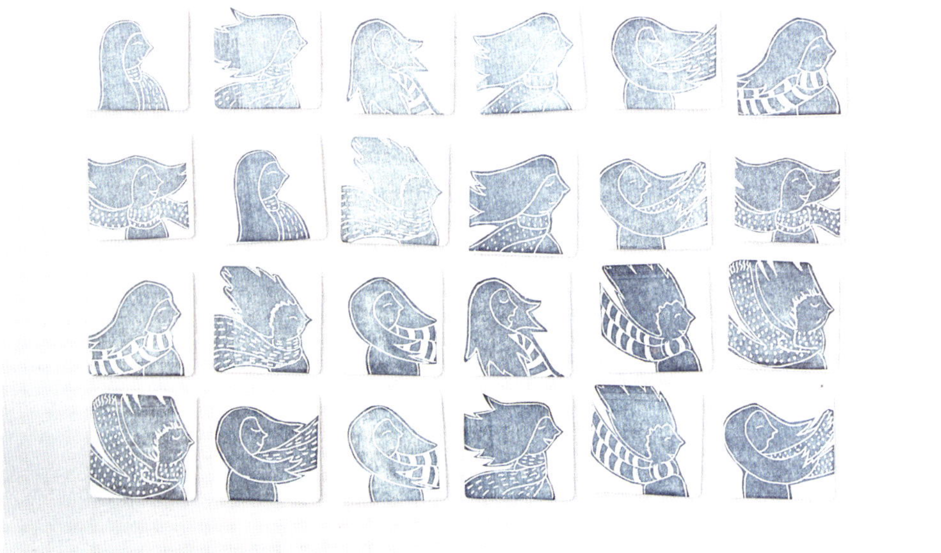

这是一款二次设计的简单记忆游戏，牌组由 12 副相同的卡牌组成。游戏的目标是收集最多的配对。将卡牌混合放在版图上，使插图朝下，每个玩家轮流翻两张牌，如匹配，则保留它们翻转向上；如不同，则轮到下一个玩家。当所有卡牌都面朝上时，游戏结束。

游戏时间：大约 30 分钟 · 游戏年龄：5+ · 游戏人数：2 人或以上 · * 玩家要注意头发和围巾二者在细微处的不同，这是游戏的难点所在。 · 设计师个人主页： 亚历山大 · 杜兰德 www.behance.net/alexdesignportfolio · 安娜 · 露西亚 · 马加良斯 www.behance.net/anamagalhaes · 帕特里齐亚 · 利瓦伊 www.patrizia-levi.com

如果给你一款自己设置规则的游戏，你会有兴趣吗？*CMYK* 是设计师丹妮拉·加耶（Daniela Gaie）的毕业设计，诞生于 2016 年年中。受极简派艺术的影响，这款游戏看起来像是一个让人忍不住去触摸的艺术装置。它的外表看起来像山、像城市，又像森林。游戏规则十分简单，由于游戏的主题是关于人性永不满足，因此每位玩家都可以设计自己的规则、目标和起始点。骰子上的数字有正数和负数，玩家投掷骰子执行前进或后退动作，也可以打出卡牌。这些动

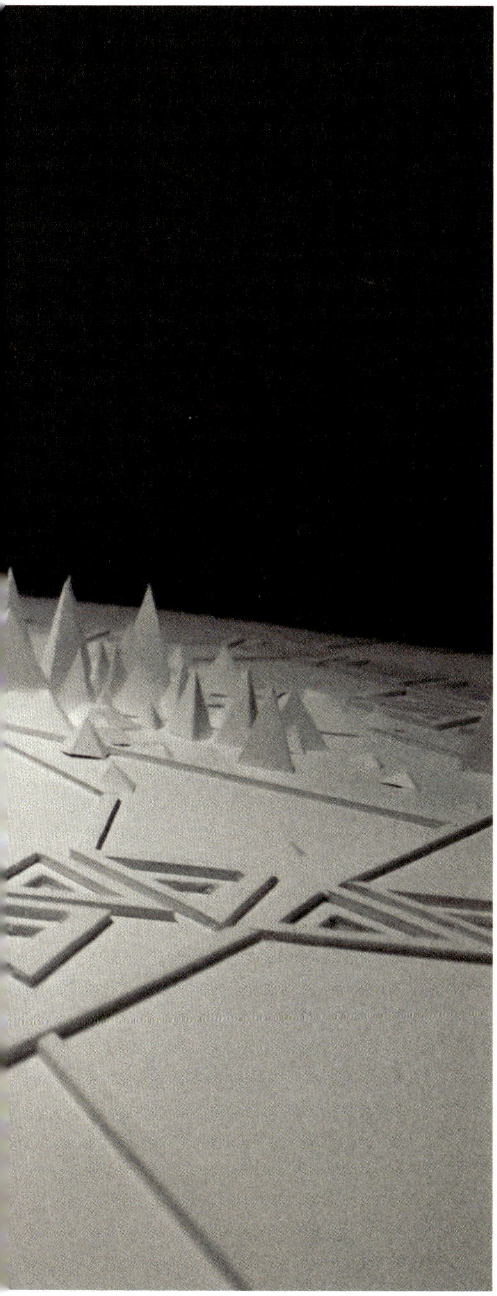

作可能会对玩家有所帮助或拖累玩家（有些卡牌会迫使玩家回到起始点）。就像人生一样，有进有退。设计者希望玩家能在游戏中制造属于自己的王国，游戏涵盖了变革、迁移、对更好的东西的追寻等意义在内。最终，一切都为了表现人生的不可预知性。

CMYK

设计师：丹妮拉·加耶 · 游戏时长：游戏时长并不十分明确，第一个达到自己设定目标的玩家获胜。可能是 10 分钟，也可能是 50 分钟。
依据玩家摸到的牌或投骰子时投出的点数 · 适合玩家年龄：16+ · 玩家人数：2~4 人 · 设计用时：8 个月 · 设计师个人主页：
www.facebook.com/odanielag

桌游，女性主义的另一种表达方式。

100 多年前，女性走上街头为自己争取投票的权利，也就是从那个时候起，她们开始通过桌游去输出自己的平权主张了。

恰恰因为人们有了更多表达观点、讲述遭遇的途径，才为那些与自己境遇地位不同之人增添了了解的机会。如今也许再不会有菲洛米拉式的悲剧，将自己的血泪史织于布中——在这个随时可以发起一番有理有据的网络控诉的时代，听起来难以想象，所以比起说什么，女性主义者更在乎怎么说——文学、音乐、电影、纪录片……如今我们也看到了这一类型的桌面游戏。作为众多表达方式之一，桌游的优势在于利用游戏化的方式让人参与过后产生同理心，以至于那些一直被我们忽视的问题与不经意的怠慢在被游戏还原之后，可以画过一道曲线，落在你的心底。

霍华德·米勒 1943 年创作的海报（图片来源：维基百科）。

法国存在主义作家、20 世纪 70 年代女权运动创始人波伏娃曾经说过：“一个人不是生来就是女性的，她是变成女性的。”

1909 — 2019 女性主义桌游演变

TEXT / Vincent

生活在上个世纪，一个女孩的一生中一定会有很多疑问。小时候，父母会给她买粉红色的芭比娃娃；上学时，老师会让她们学习烹饪课；工作后，社会却倡导她们回归家庭，以成为家庭主妇为荣。但在 21 世纪，我们同样也会发现，虽然时代进步了，但社会对于女性依旧有这样或那样的限制。这究竟是为什么？

打开搜索引擎，寻找女性主义的历史。我们看到无论是自由女性主义、激进女性主义，还是马克思女性主义，它们在历史上都挥洒下了浓墨重彩的一笔。女性主义在艰难而又曲折地进步。同时我们也注意到，随着历史长河的流动，总有一些时间节点，恰好出现了一些桌面游戏，它们似乎潜移默化地影响着社会，或被社会影响。从妇女获得投票权到第一个国际妇女节的成立，政治运动和桌游，是如何互相影响、互相体现的？而当这些影响着桌游时，它又是如何显露在棋盘中的？桌游对于女性的定义，到底是怎样的？

本文将为你介绍一些特定年代的桌游以及关于女性桌游的历史演变，从带有政治目的的游戏《萨福奇托》到有女性职业特色的桌游《我应该成为怎样的人》，从关注女性自我成长的游戏《女孩私语》到关注女性对科学研究的贡献的游戏《科研女性》，桌游一路见证着女性主义的成长和发展。

A 权利 & 运动

1908 年 3 月 8 日，美国纽约，近 15 000 名女性突然罢工。她们走上街头，抗议资本家剥削女工，她们一同喊出了“面包加玫瑰”的口号，要求缩短工作时间、增加工资和享有选举权。

这是 20 世纪初最激烈的一次女性主义运动。1909 年 2 月 28 日，美国社会党宣布设立妇女节。同年，妇女社会与政治联盟发行了一款名为《萨福奇托》（*Suffragetto*）的桌游，意在支持女性拥有选举权。这是一款基于妇女社会政治联盟与警察之间的真实战斗的游戏。游戏的名字来源于 suffragette（女性参政权）。在 20 世纪初期的英国，一位名叫埃米琳 · 潘克赫斯特的女性，参与并领导了争取妇女享有选举权的运动。[注：1903 年，埃米琳成立了妇女社会与政治联盟（WSPU），后来更名为妇女参政党。她们的座右铭是“行动，而不是言语”。] 游戏中，玩家分为两派，蓝色和绿色：蓝色代表下议院的警察，绿色代表激进党派。作为激进派人士，游戏的目的是冲破警察封锁，进入下议院，同时阻止警察扰乱会议；作为警察，目的是扰乱参政党的会议，同时阻止他们进入下议院。

这款游戏是一款标准的基于政治运动背景下诞生的游戏。虽然按照现在的口味来看，当时的规则可能太过于简单，但它毕竟是一款抽象游戏，复杂的游戏规则并不利于它的传播。在 1911 年的 3 月 8 日，为了纪念妇女权利的运动，庆祝女性在经济、政治和社会等领域做出的杰出贡献，第一个国际劳动妇女节成立。1920 年，美国宪法第十九条修正案规定：“美国公民的选举权不得因性别因素而被联邦或任何一州拒绝或限制。”终于，这个游戏的目的在这一年得到实现。

在一次行动中，埃米琳 · 潘克赫斯特在白金汉宫外被逮捕。她于 1928 年逝世。1999 年，美国《时代》杂志将潘克赫斯特评为 20 世纪 100 位最重要的人物，2002 年入选英国广播公司最伟大的 100 名英国人，排名第 27 位（图片来源：曼彻斯特档案馆）。

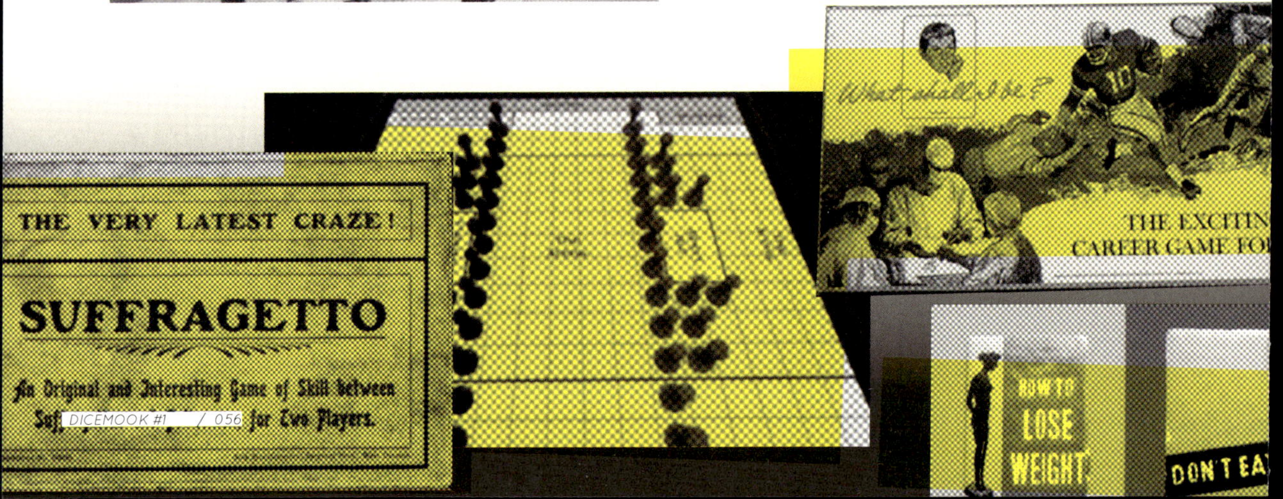

二战后，美国一跃成为世界最强大国，其经济、政治发生了翻天覆地的变化。回顾历史，我们会发现二战对于女性来说意义非凡，由于战争时期劳动力的缺乏，女性接手了原本只限定于男性的工作。她们走入社会，成为社会角色中的一员。1944 年，美国妇女在劳动力市场中所占的比例达到了 36%，600 万美国妇女加入了劳动大军中。无论各行各业，都可以看到女性的身影。女性就业率也从 20 世纪 50 年代初开始实现高速增长。

B

职业 & 规训

1966 年，全国女性组织在美国成立。这一组织成为西方最大的女性组织。其宗旨是：女性，如同社会中的其他人一样，必须有机会发展她们作为人的潜能，充分参与到美国社会的主流中去。同年，由塞尔丘和赖特公司发行了一款为女性设计的桌游《我应该成为怎样的人》（*What Shall I Be*）。从这款游戏中可以看出当时的社会背景对于女性的期望，当然，也包含对女性的规训和歧视。

在游戏中，玩家的目标是成为一名职业女性。游戏共有六个职业可供选择，分别为：教师、演员、芭蕾舞者、模特、护士和空乘。玩家要在棋盘中收集 4 张学校卡、2 张主题卡和 2 张个性卡才能获得胜利。在进行游戏时，你可能会抽到这样的主题卡，例如：“您的妆容太草率，表明您不适合：航空服务员或模特”，或是“您超重”这样的个性卡——这表明什么？当我们查看游戏说明书，会发现对于该游戏 50% 的职业来说，这是不可行的。就像 1963 年，芭比娃娃曾推出了一款“照料婴儿的芭比”的玩具，这款芭比娃娃身穿长款粉红色条纹裙，周围有很多配饰，还有一本书，名为《如何减肥》。书中只有一页建议：不要吃。旁边有一套永久设定为 110 磅（约为 50 公斤）的秤。

回到《我应该成为怎样的人》中。想象一下，玩这样一款让人信心下降的游戏是怎样的体验？“很抱歉，您是个思维缓慢的人，苏西……这意味着您软弱的头脑根本无法满足空姐和护士的要求。”

其实，这款游戏也存在着进步的意义，它鼓励女性参与到各种职业当中去（虽然可选择的职业有限）。但是，其个性卡和主题卡中的部分内容还是存在对女性的刻板印象。同年发行的另一款《我应该成为怎样的人》男生版则大不相同。在男性版本里，你可以选择的职业有：政治家、科学家、运动员、博士、工程师和宇航员。我们不禁感叹，那个年代的游戏，是否会直接影响到女性的职业选择？在看到这些主题卡后，女孩们是否会产生自我怀疑？十年后，这款游戏推出了第二版，其游戏内的职业也有了很大进步，如外科医生、宇航员、剧院导演和律师。由此可以看出，社会是在慢慢进步的。而这种进步不仅体现在经济、政治上，还会暗暗地镶嵌在游戏中。

C

解放 & 发展

时间转眼来到 80 年代。那个年代，美国经历了通货膨胀的跌宕起伏后处于发展期，中国迈开了改革开放的历史性脚步，这头沉睡的雄狮即将被唤醒。那个年代，由于经济的缓慢发展，人们不再关注社会，把目光转向自我。摇滚和朋克出现了，健美操逐渐流行，一场新的变革正在诞生。

1990 年发行的一款游戏会引起那个年代许多女孩的共鸣：《女孩私语》（*Girl Talk*）。《女孩私语》是一款系列游戏，在游戏中，你将扮演一个白人女孩，通过与好友进行一到三轮的比赛来完成游戏。这款游戏分为《女孩私语：约会台》和《女孩私语：真心话大冒险》。《约会台》是一款描绘当时的女孩子最喜欢的两件事的游戏——打电话和同心仪的男孩聊天。玩家可以建立自己的朋友圈，不同的朋友卡牌上有着具体描述的喜好和厌恶的东西。游戏有磁带的装置，女孩们可以在卡牌中，寻找心仪的男生进行聊天。在《真心话大冒险》中，如果玩家获得了婚姻、孩子、职业和人生中一些重要时刻（例如在工作中结识未来的丈夫等），获得 4 分即是赢家。如果没有获得其中一项，那么您就是个失败者。

令人比较欣慰的是，在那个年代，这个游戏的确显现了一定的自由性（虽然难免会有一些刻板印象）。例如，在《真心话大冒险》中，如果玩家获胜，则会抽取一张神秘的财富卡。卡片上会有这样的内容：“您将会嫁给和您最喜欢的叔叔同名的男人”，或者“您将在 23 岁生日后 5 天生下双胞胎”。

除了怀旧的画风外，《约会台》中明确规定，只有男孩和女孩才可以进行配对。他们甚至对性别进行了颜色编码，男孩在黄色卡牌上，女孩在粉色卡牌上。

这款系列游戏侧重了当时女孩的自我发展，它关注了女孩的内在感受，呼应了社会对于自我的关注。不过从现在的角度来看，我们仍然能找到一些刻板印象的证据，如女孩卡牌为粉红色，游戏中没有黑人角色，等等。

新世纪到来后，社会整体有了很大进步。对于游戏，人们逐渐消除了刻板印象带来的影响，更愿意去统计更深层次的性别刻板印象的因素会导致什么。如游戏的封面、角色、能力、角色的性别化（指女性角色和男性角色在举止、外表或服装上是否具有性吸引力，如果女性有，男性没有，则表明存在性别偏见；反之同理）等等所带来的潜在歧视。

在分析女性在游戏中的代表性和包容性时，分析师吉尔 · 霍瓦（Gil Hova）指出：“虽然这种行为不是很明显，但仍旧有一些隐性的枷锁使女性无法享受这种业余爱好。”封面的缺乏是女性参加桌游的障碍之一。另一项研究也证实了这一发现：在采访女性玩家时，受访者希望在桌游中出现更多的包容性和多样性，并希望能够为女性、少数群体和家庭提供更多的参与机会。受访者还指出，很多桌游缺乏女性角色或封面缺少女性元素，这阻碍了更多女性参与桌游。

D 包容 & 进步

对此，一位资深玩家在桌游极客上总结了近 50 款在比率、能力和性别化上不突出性别的桌游。例如，2015 年的一款桌游《君主》（*Monarch*）中，玩家扮演一名女性，目的是继承母亲的王座，在游戏结束时拥有最多冠冕的女性将成为女王。这款游戏的设计灵感来源于设计师对于中世纪的王后和中国的皇后的着迷。在她看来，这些女性不仅面临外部世界的阴谋，还面临内部成员斗争和具有挑战性的道德困境。为了成为未来的君主，女王的女儿们必须是坚强而有影响力的女性。

又如，2015 年出版的一款游戏《科研女性》（*Women in Science*），是一款策略游戏。其中详细介绍了 44 位女性科学家，玩家通过组建实验室的方法获得胜利。在这款游戏里，你可以了解到很多不知名的女性科学家，通过桌游的形式拓宽知识面。

再如，在 2017 年出版的《精灵岛》（*Spirit Island*）中，玩家扮演一名被殖民者淹没的土地之灵。这款游戏并非单纯针对女性主题，而且还包含了后殖民女性主义的一些内容（后殖民女性主义试图说明种族主义和殖民主义带来的各种影响），因此，它冲破了性别和种族的限制，在桌游的主题上带来了另外一种可能。

如今，传统的刻板印象和性别分工已不再是现代桌游主题设想的考虑范围了，游戏中的能力也不会因为男女的差异而有所变化。还有许多优秀的桌游没有被我们发觉，它也许出自一个优秀的女性设计师，或许由一名出色的女性插画家绘制封面，或许她参与了游戏的发行……无论是在哪一个环节，它们都会在一定程度上，更新着我们对于桌游的认知。

E 一些值得在意的声音

2017 年，一本名为《82 年生的金智英》的小说横空出世，引发社会各界讨论。小说中讲述的普通女孩在生活中所遭受的各种限制与差别待遇得到了女性的广泛认同。2019 年，翻拍电影上映，话题再次引起轩然大波。当人们都在谈论身边被忽视的不平等现象时，还有人认为这部电影在“小题大做”。有人质问作者：“为什么这是个问题？也许是存在这种情况，但你有必要写出来吗？”难道，在他们看来，把看似正常的差别对待和隐性歧视说出来，就是“小题大做”了吗？

回顾近两年来女性的遭遇，我们意识到 2017 年似乎是一个重要的转折点。#MeToo 事件在各个领域、各个行业发出的声音足以让世界为之震颤。人们终于重新打开视野，关注这些本就该得到重视的事情。其实，社会在发声，桌游也在发声。

2017 年，巴基斯坦设计师纳什拉 · 巴拉贾瓦拉为了抗议国内包办婚姻的落后体系而特地设计了一款游戏《包办婚姻》(*Arranged!*)。游戏的画面设计精美，规则有趣。或许它的可玩性不是很高，但它所反映的社会现象真的值得我们深思。包办婚姻，在巴基斯坦这个国家竟然还是习以为常的事。

2018 年发布的一款名为《凶猛女人》（*Fierce Women*）的卡牌游戏，具有艺术气息的插画和简洁的叙事讲述了 60 位女性在文化、科学、女性主义、人权、政治和艺术领域的重要贡献，并结合了每一代人都能理解的简单规则。设计团队的宗旨是：平等地玩游戏。

2019 年，韩国的一名设计师做出一款名为《李智慧生存游戏》的“社会派跑团性质”的桌游，并通过一个令人感觉压抑的设计揭露韩国性别歧视的问题：玩家扮演李智慧身边的亲朋好友，通过各种不同的事件确保李智慧可以健康快乐地活下来。这款游戏有点像桌游版的“金智英”，但不同的是，在游戏里，李智慧可能没那么幸运。

社会的发展究竟可以多迅速？2016年，德国年度游戏大奖（Spiel des Jahres）上最畅销的25个棋盘游戏中，女性设计师为零。2019年，《展翅翱翔》已经拿到了SDJ的黑标奖，设计师伊丽莎白的团队里面，大部分都是女性。如今，越来越多的桌游从业者注意到性别不平等的现象。同样，也有越来越多的女性进入了桌游的行业。无论是桌游的内容创作者、设计师，还是制作人，都可以看到女性的身影。无论是伊丽莎白的设计师团队，还是贝卡·斯科特的“TBD RPG”（一个女性桌游真人秀制作团队），这些例子都在向我们说明，女性可以为世界带来改变，她们可以做到世界尖端。1909年，桌游《萨福奇托》的出现标志着女性对投票权的热情达到了一个新的高度。2019年，女性设计团队《展翅翱翔》拿到了SDJ的黑标奖。110年过去了，这一段记录可以浓缩为一段精炼的历史，一个注定艰巨的未来，一个难以忘怀的过去。

桌游，作为最具包容性和开放性的载体之一，承载着历史也铸就着未来。从《我应该成为怎样的人》到《科研女性》，它见证了女性主义的演变。它是包容的，它包容了20世纪的性别歧视和21世纪的飞速进步；它是客观的，它的天平从不倾向于任何玩家；它是开放的，因为它还有一整个宇宙值得你去探索。

冲出牢笼
通过一款桌游，她获得了自由人生

TEXT / 可乐吨吨机

专访巴基斯坦女设计师纳什拉·巴拉贾瓦拉

时至今日，南亚的婚姻传统和女性地位都让人无法理解。作为全球最贫困的地区之一，打开关于这个地区的新闻，你会发现，无论是在个体层面还是政策层面，南亚女性的生存地位一直在被挤压、被占夺、被剥削。女性割礼、荣誉谋杀、包办婚姻……在这里，对女性施暴和歧视的现象司空见惯。而在这座无法撼动的大山下，有这样一个人，巧妙地用一款桌游，引发了人们对包办婚姻的关注，并且成功逃离了这座黑暗的五指山。

2017 年，21 岁的比比被迫嫁给了阿克拉姆。这是巴基斯坦的传统——包办婚姻。在结婚前，比比和阿克拉姆完全不认识彼此，直到结婚那天双方才第一次见面。比比在婚前已有情人，却奈何拗不过父母的逼婚。婚后，与丈夫无休止的争吵让比比失去了耐心。一天，比比偷偷在厨房给丈夫的牛奶中下了毒，打算将他毒死。不料被比比的婆婆随后拿去做了酸奶，分享给了众多亲戚，最终导致家族内 17 人死亡。

该事件引起了全球范围内的广泛关注，而巴基斯坦的包办婚姻问题再一次被暴露在大众的视线中。

即使到现在，巴基斯坦的包办婚姻率依旧在 80% 以上（由于官方没有统计数据，此处是民间统计出的概率），人们在震惊之余更多的是痛心。21 世纪了，这种恶俗的旧习却如附骨之疽一样难以摆脱。然而，有这样一位女孩，她用一款桌游逃离了包办婚姻的魔爪……

“我命由我不由天”

纳什拉·巴拉贾瓦拉是一个巴基斯坦女孩。她在卡拉奇长大，那是巴基斯坦的第一大城市。在这里，每天都有人在游行，有冲突，有殴打；在这里，30% 以上的劳动力没有工作；在这里，没有人管你是不是被强行嫁出去的。

可小时候的纳什拉还不懂这些。那时，她最喜欢的事就是玩桌游。她经常和堂姐妹去镇上的便利店，买一些当地人都没听过的桌面游戏。回家后，对于不喜欢的游戏规则，纳什拉会根据游戏的有趣程度进行改编，让游戏更加激烈而有对抗性。天赋仿佛就此涌现，在随后的日子里，纳什拉也不自觉地向这个方向靠拢。她读书，进入艺术高中学习，并随着岁月的累积逐渐形成了属于自己的艺术风格：色彩艳丽，主题鲜明。19 岁时，她已经长成了一名亭亭玉立的少女。按照传统观念，她该嫁人了。父母也开始给她安排结婚对象，这时纳什拉才明白，原来自己的婚姻和人生并不是自由的。

但她不想自己的命运被包办婚姻束缚，更何况她还有未完成的艺术梦想。这个 19 岁的女孩面临了人生中的第一个关卡：抗争包办婚姻还是逆来顺受？要知道，在巴基斯坦，包办婚姻的习俗可谓深入人心，不愿意的人就会被大家视为异类。她看到自己的朋友嫁给陌生人，“她们困在没有爱的婚姻里，忍受着糟糕的亲戚、丈夫，自己却又无能为力”。但是抗争，又要怎么做呢？她思前想后，还是做出了一些大胆的决定：做一些看上去不像正常女孩做的事。她开始饮酒、网恋，试图塑造一个叛逆的形象。然而，父母却认为这只是她在结婚之前的小性子和顽皮罢了，并没有在意。计划以失败而告终。但她没有认输，并决定用另一种方式来抗争到底：逃离巴基斯坦。她说服了父母同意她去美国进修学习，但期限只有一年。“我想要改变我自己的命运，所以我这样做了。”纳什拉后来说道。

必须向前走，因为没有退路

落后的巴基斯坦文化与先进自由的美国思想的冲撞深深震撼了纳什拉。在罗得岛设计学院的日子快乐而又充实，开放式的学习经历让她受益匪浅，“我的教授经常跟我说的一句话是，永远不要把你未来不想做的东西放进你的作品集里，把自己的精力放在真正想做的事上”。在学校的五年学习让纳什拉发现了自己真正想做的东西，她的设计融合了巴基斯坦的文化，确立了自己的设计风格。凭借着出色的天赋和才华，纳什拉先后在国家地理和孩之宝等知名公司实习，积攒了丰富的经验。“设计是我的生命，我会用我的作品去表达我的想法。”

2017 年，她的学生签证到期了，这个再次站在人生分叉口上的女孩有点无措。如果留在家中，就逃不过被逼婚的命运，成为一个默默无闻的家庭主妇。她该怎么办？

同年 8 月，一款名为《包办婚姻》(*Arranged!*) 的桌游在知名众筹网站“即刻开始”（Kickstarter）上众筹。这款游戏的设计师，正是纳什拉。原来，在经过一番思想斗争后，纳什拉决定再次挑战命运。她没办法轻易放下她深爱的设计，没办法放下艺术，没办法放下受过的教育——那段在罗得岛的宝贵经历让她找到了人生的意义。于是她想到了桌游，这个可以将任何话题呈现在棋盘上的游戏。

她痛恨包办婚姻这种落后的习俗。在巴基斯坦的一些地方，男女如果私自成婚，往往会被部落处死。当然，这种丑恶的罪行往往被冠以美好的名字——荣誉谋杀。在他们看来，自由恋爱，女人打扮时髦，就是给家族荣誉泼了脏水。根据联合国统计，全球每年约有 5000 名女性死于“荣誉谋杀”，多数集中于南亚和中东。巴基斯坦人权委员会统计，2014 年 2 月至 2016 年 2 月期间，该国至少发生了 1276 起“荣誉谋杀”事件。

《包办婚姻》是她之前就在筹备的一款游戏，纳什拉认为可以根据这个话题制作一款桌游，反映这种恶俗的社会现象。如果幸运的话，她甚至可以拿到 O-1 签证（美国为杰出人才准备的一种工作签证）。事实证明，她的猜想应验了。游戏上架后，舆论爆炸了。英国广播公司（BBC）、《财富》杂志、美国国家公共电台（NPR）对她争相报道，也使得纳什拉声名鹊起。

“我想要美国签证。在这里，我可以开展事业，或者能继续接受教育。”在接受采访时，纳什拉说道。她的众筹项目非常成功。最后，这款游戏的众筹金额以 21 788 美元的金额收尾，远远超过了 6000 美元的目标。在众筹网站的背景故事中，她写道：“人们通常会根据男性的财富和社会地位来选择丈夫，有时甚至会把结婚当作一门生意来做。女性在婚姻中的表现同样肤浅。她们必须时时刻刻展现自己最完美的模样，因此会经常使用诸如美白霜和减肥药之类的东西。这些女性中的大多数无法与

《包办婚姻》中的游戏版图和卡牌。画面上呈现出浓郁的巴基斯坦文化，风格鲜明，颜色艳丽。游戏中的主要角色：少女、媒婆和男人们。游戏以玩家全部结婚为结束，但只有一人可以嫁给“真命天子”。

这种文化做斗争，因为她们没有受过足够的教育来反抗。”纳什拉想要通过这款游戏激发本国人对婚姻自由的探讨。“我是一个很爱玩的人，因此，通过一款轻松的游戏，我试图掩盖一下这个话题的严肃性。”这款游戏在巴基斯坦当地也引起了很大反响。家乡的人们对她的看法也分成了两派。一部分年轻人认为：“啊，那个女孩用自己的所作所为逃脱了包办婚姻，那我也要这样做。”而老年人则认为：“你忘了本，你忘记了祖宗的传统，你忘记了习俗和文化。”

改变命运的游戏

这款游戏无论在机制、规则，还是游戏目标上，都被纳什拉设计得非常有趣。游戏共有 3~4 位玩家。在游戏中，一位玩家扮演媒人，其他玩家扮演少女。媒人的游戏目标是争取让少女结婚。少女的目标是逃避媒人的说婚。“我制作媒人这个角色是有自己的目的的。在巴基斯坦，有很多婚姻的促成都是因为有媒人这个角色的存在。我不明白，她们本身就承受了包办婚姻的痛苦，为什么还要逼迫别人结婚？”纳什拉说。游戏分为两个阶段，第一个阶段，玩家想尽各种办法逃避结婚，而逃避结婚的方法有以下几种：在公共场合穿无袖衬衫；看手机时微笑（这是南亚文化中有男朋友的标志）；谈论自己的职业、增肥或和男性朋友一起在商场里被别人看到。“我想让人们注意到，这些被其他社会视为正常的事在南亚社会看来却是可耻的。”

到了游戏的第二个阶段，女孩们会遇到一个有着绿眼睛，拿着外国护照且是总裁的“高富帅”。到这里，游戏发生了转变，女孩们要通过激烈的竞争来嫁给他，例如每天祈祷 5 次、减肥塑形、烹饪美味佳肴等等。在游戏结束时，只有一名女性可以嫁给“高富帅”。讽刺的是，在纳什拉设计的游戏中，所有人都逃不过结婚的命运。“除非所有人都结婚了，不然游戏无法结束。”

游戏改变了纳什拉的命运。很多人都表达了对这款游戏的喜爱，还有一位印度女孩专门给纳什拉写了信，借用这款游戏向父母表达了对包办婚姻的抗拒。纳什拉也重回纽约做设计，成立了独立的设计室，做着自己真正想做的事。

2018 年，她来到了北京的 DICE CON——全亚洲最大的桌游展。在这里，她不仅可以和观众分享游戏创作理念，还可以玩到各式各样的桌游。如果选择回家乡，她完全不能体会到这样的快乐。

“这款游戏为我的生活带来了翻天覆地的变化。好的一方面是它让我有机会周游世界，将我内心的想法表达出来。当然，凡事有利就有弊，我在被更多人熟知的同时也将敏感的问题曝光于大众，这引起了来自我家乡巴基斯坦人民和亲戚们的强烈谴责与不满，但这是没办法的事……”

在接受 DICE 的采访时，纳什拉也表示了她的遗憾。“真正想要说服巴基斯坦的民众做出改变并不是一件容易的事情，好在今年我回到家乡的时候已经有所缓解，也有人愿意坐下来和我玩游戏了！”

在谈到游戏主题——婚姻时，“结婚？”纳什拉笑道，“我会结婚的，但一定是和我喜欢的人。”

未来会好吗

在《2020 年全球性别差距报告》中，作者写道：“我们在有生之年都不会看到性别平等的一天，我们的下一代也不太可能见到。”这或许是个很悲观的结论。但在这份报告中，我们也能清晰地看到，巴基斯坦在 2020 年全球性别差距指数排名为 151，倒数第 3 名。这便很好理解，为何时至今日，还有那么多悲剧在这里上演。即使人们去往国外，也逃不过被包办婚姻的命运。从 2012 年开始，英国民间就设立了解救“强制包办婚姻”的热线，为那些被父母强制带走结婚的男孩女孩提供帮助，每个月几乎都能接到 700 多个巴基斯坦裔的求救来电。直到 2014 年，英国才通过了判处强迫婚姻行为的法律，让留在英国的巴基斯坦女孩免受包办婚姻的灾难。

我们这一代大部分女性都成长在一个有基本公民权的世界。但令人遗憾的是，这个世界上还有一些女性，她们没有基本的公民权，而这其中就包括婚姻自由的权利。中国从 1919 年开始提倡婚姻自由，人们逐渐接受自由的恋爱结婚。1950 年实施的《中华人民共和国婚姻法》明确禁止了包办婚姻，国内各界有识之士也在 20 世纪撰写过大量反对包办婚姻的文章和书籍。然而现实却是，直到现在，这个问题依然横亘在南亚文化当中，它像一根巨大的刺直插人心。大家都默默地顺从了它，默默地接受它的压迫。而压迫的结果就是遏制了主体真正的欲望。纳什拉是幸运的，因为那里的大部分人都无法受到良好的教育，如果纳什拉没有去学习艺术，她也无法找到自己真正想做的事情，追求人生的意义。而我们只能去倡导，让个体都可以找到自己真正的欲望，在真诚的联结和互助中，收获真正的自由。但幸好，还有一个个纳什拉在发声，在撬动这些早已落后的恶习，哪怕声音微弱，哪怕只有一粒沙的重量。

（上图）纳什拉设计作品：政治类角色扮演游戏《糊弄政治家》（*Paltering Politicians*）。这是一个讨论道德困境的角色扮演游戏，关注政治家做的事。

（下图）纳什拉设计作品：用来督促学生课业的小游戏《暴击正当时》（*Crit Happens*）。

当我们被电影《82年生的金智英》触动的时候，我们也第一次拨开表面的和平，看到了与我们相邻的那片土地上女性已经习以为常的不公……然后，如果你可以接受再被刺痛一下的话，来认识一下李智慧吧。

围观金智英，参与李智慧

一款韩国女性平权游戏的呐喊

专访《李智慧生存游戏》设计师权修仁

TEXT / Vincent

《李智慧生存游戏》是权修仁设计的第一款游戏，由于完全是独立创作，她把自己的项目上传到了韩国当地的众筹网站tumblbug上。那时，直视韩国女性成长艰辛的文化类消费品声量还不算大，但这款游戏已经打中了一些有同样经历的女性，这份激起的共鸣让权修仁的第一款游戏就众筹成功，募集了400万韩元，获得了180位支持者，目标达成了142%。

但事情过了不久，一切都开始变得不一样了。#MeToo运动来到了韩国，韩国女星自杀惨案频繁发生，之后一部《82年生的金智英》成为韩国从文化界到社会层面热议的话题，自此韩国女性呼吁平权的声势一浪高过一浪。在这样的背景下，韩国的综艺节目发掘了市场上这款名为《李智慧生存游戏》的桌游——作为亚洲最大的正版桌游市场，韩国综艺一直都有利用桌面游戏进行互动的传统。权修仁为《李智慧生存游戏》设计的“人生选择卡”，让节目中扮演李智慧家人的社会公知展开了激烈的讨论，性骚扰、求职歧视、家庭地位低、婚后自由……种种问题让人瞬间代入，而每个人的决定都左右着李智慧的命运——她能在这样的社会压力之下活到几岁？

人们说，金智英幸好她是金智英，她还有体贴她的丈夫、幡然悔悟的家人以及肯定她的前同事。但不幸的是，在韩国还有大量不是“金智英”的“李智慧”：她们没有办法麻木自己，即便不去思考未来的命运，在面对不公待遇之时也难免不会积累精神压力。金智英是温和的，你在围观之后难免沉思；李智慧是刺痛的，你在参与之后不禁叹息。

综艺节目播出之后，权修仁获得了大量的关注，很多人由于没有参与过首版众筹，所以希望可以有机会再次买到这个游戏。于是《李智慧生存游戏》的第二版再次登上tumblbug，并最终获得了772人的支持，募资2000万韩元，完成目标2005%。

我们找到权修仁，和她聊了一下这款游戏对她如今生活的影响以及如何看待时下韩国女性平权的趋势——这些故事距离我们并不遥远，可怕的是，我们曾经一直以为它并不存在。

《82年生的金智英》引起韩国社会对女性平权的大范围讨论。

역시 너는
현모양처감이야
애는
엄마가
키워야지
김치녀
여자애가
그렇게
드세면
남자가
싫어해
여자들이란...
엄마
밥 줘!
딱 10kg만
빼면
미인인데
짧은 치마
입는 건
보라는거 아냐?
지혜씨
예뻐서
뽑힌거 알지?

《李智慧生存游戏》规则简介

이지혀 GAME

游戏目标

让李智慧活下去。经过所有的情境，活下去就达成了共同目标。之后再根据各属性点数分出具体胜负。

游戏准备

一个玩家扮演李智慧，其他人分别扮演李智慧的**爸爸、妈妈、弟弟、异性朋友、同性朋友**。

五种属性

李智慧有五种属性：社会性、自尊、压力、顺从度、感受性。对应每一个角色，每个玩家需要保住李智慧对应的一种属性，任何一个属性变成 0（压力变成 100），李智慧就死掉了，大家会共同失败。只有李智慧活到一定阶段，剩余属性点数高的玩家获胜。

四个阶段

游戏分成四个阶段：童年期、青年期、中年期、老年期，每个时期会翻开 3 张牌。牌上会显示李智慧所处的情境，其他人要讨论她的情况，并选择牌上的答案。这个时候就需要想办法让自己负责守护的属性点数不被扣。每个点数剩余多少只有李智慧本人知道，其余人不知道，李智慧参考说明书负责记录自己的决定和变化的点数，但是不告诉大家。

举例说明

例如：童年期问题 xxxxxx

答案 A、答案 B、答案 C、答案 D

玩家商量之后**选择了 A**，导致自尊降低 10、压力提升 20（只有李智慧知道，结算结束后，李智慧告诉大家，她有没有死）。

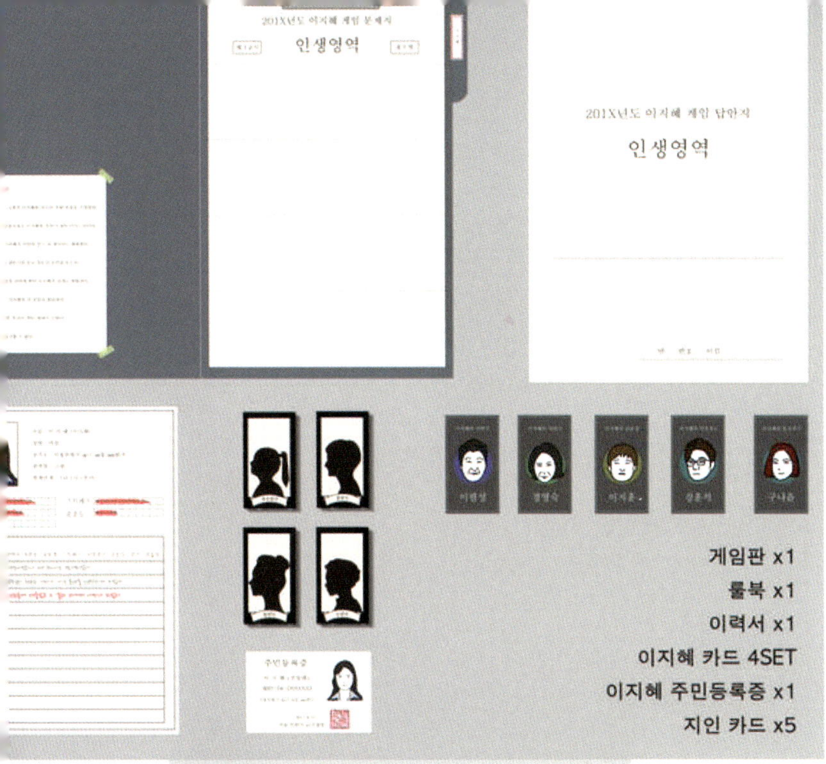
201X년도 이지혜 게임 문제지
인생영역
201X년도 이지혜 게임 답안지
인생영역
이필성
정영숙
이지훈
강훈석
구나윤
게임판 x1
룰북 x1
이력서 x1
이지혜 카드 4SET
이지혜 주민등록증 x1
지인 카드 x5

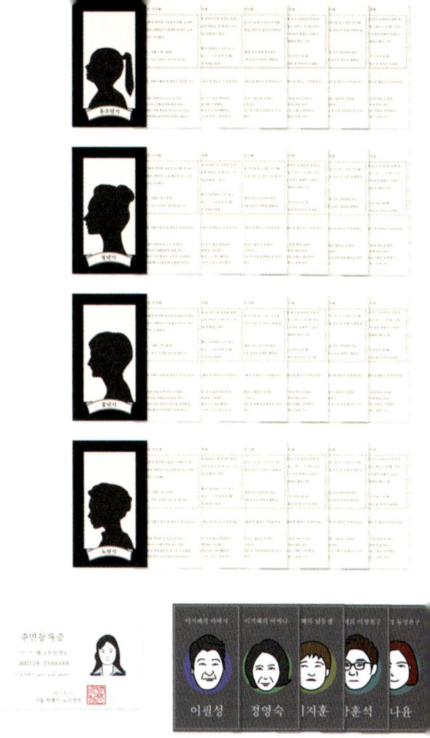
주민등록증
이필성
정영숙
이지훈
강훈석
구나윤

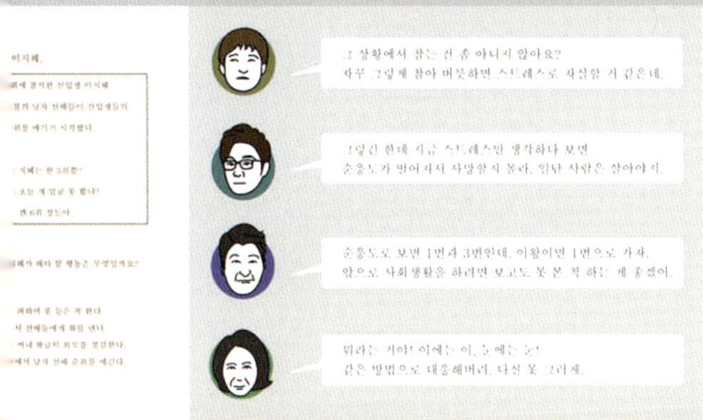
그 상황에서 참는 건 좀 아니지 않아요?
자꾸 그렇게 참아 버릇하면 스트레스로 사망할 거 같은데.
그렇긴 한데 지금 스트레스만 생각하다 보면
순응도가 떨어져서 사망할지 몰라. 일단 사람은 살아야지.
순응도로 보면 1번과 3번인데, 이왕이면 1번으로 가자.
앞으로 사회생활을 하려면 보고도 못 본 척 하는 게 좋겠어.
뭐라는 거야! 이에는 이, 눈에는 눈!
같은 방법으로 대응해버려. 다신 못 그러게.

201X년도 이지혜 게임 문제지
인생영역
4~6 PLAYER
40~60MIN
201X년도 이지혜 게임 답안지

DICE INTERVIEW

D / DICE　K / KWON SUIN 权修仁

D 这一年，关于女性平权的话题在韩国受到了广泛关注，那么你为何选择桌面游戏这种形式来展现这个话题？

K 近年来，韩国对女性人权和性别歧视的讨论十分活跃，但是，依然有很多人对性别歧视没有认知。我认为，为了解决这个问题，更应该揭露女性在日常生活中所遭受的歧视，并对此进行积极的讨论。桌面游戏是一个很好的媒介，因为很多人可以在线下进行游戏，交流观点。因此《李智慧生存游戏》被策划成了综艺节目，人们进而对女性人权和性别歧视的问题进行讨论。

D 很多人玩完这款游戏之后会觉得压抑，进而陷入沉思，但也有人会觉得有些问题"小题大做"，你怎么看待大家这些情绪？

K 觉得这个游戏被夸大的人不知道女性问题有多常见，我以前对此感到非常郁闷和悲伤。但是，如果想克服这个问题，就应该揭露女性在遭受什么样的歧视，并同时一起提高呼声。

实际上，李智慧游戏中的部分玩家在玩游戏的时候，会谈论自己所遭受的或者目睹的性别歧视。在这个过程中，玩家常常会意识到性别歧视不是一部分人的问题。虽然不能完全消除男女之间的分歧，但就算是少数人对这个问题进行了思考，我认为这个游戏也已经达到了目的。

D 你的工作和经历是否对你设计这款游戏有所帮助？这其中提出的问题与对应的选择是怎样设计的？

K 在制作桌面游戏之前，我是在宣传公司工作的普通员工之一，虽然对桌面游戏的制作一无所知，可还是从基础知识开始学习并制作了这款游戏。李智慧游戏中出现的问题是为了让女性产生共鸣而制作的。

我的成长过程和在社会上目睹的无数次性别歧视给了我很多创作灵感。游戏中包含了我的经验之谈和家庭暴力、被迫中止职业生涯等韩国女性面临的问题。

D 这款游戏设计与众筹的过程中最困难的事情是什么？你是如何克服的？

K 因为李智慧游戏是个人创作，所以资金支持是最困难的部分，故此我通过众筹的方式筹集了资金。而且，在韩国独立桌面游戏的市场不大，宣传和销售是最大的问题，因此我顺势采用了网络销售的方式。

D 游戏取得的反响是否超乎你的预料？看到了哪些令你印象深刻的反馈？

K 我很惊讶人们对《李智慧生存游戏》的关注度日益增高，这意味着人们对女性人权越来越关注了。最令人印象深刻的反馈是年轻学生们在学校课程中接触游戏的故事。我听说中学生通过游戏了解了性别歧视，并共同讨论了如何克服性别歧视。虽然我制作的游戏微不足道，但令人欣慰的是，我或许为下一代抵制性别歧视奠定了基础。

D 你此刻的生活、未来的计划因这款游戏的成功发生了怎样的改变？

K 之前是出于兴趣制作的游戏，现在成了体面的职业。并且通过《李智慧生存游戏》，我对女性人权更加感兴趣了。继我的这款处女作之后，我还设计了卡牌游戏，现在筹备制作中的作品也是以女性为中心的游戏。

D 是否认为这款游戏会像《82 年生的金智英》一样引发人们的反思，进而有可能改变部分韩国女性与男性之间的关系？你认为改善韩国女性处境的关键在哪里？

K 虽然我不认为性别歧视会马上消失，但希望这个游戏至少能帮助人们认识到这一点。希望这款游戏能让仍在遭受性别歧视的女性获得共鸣并联合起来，也希望它成为男性觉悟到性别歧视的契机。

D 如果我们希望将这款游戏引进中国，你是否愿意？你觉得是否可行？

K 我对于《李智慧生存游戏》在中国的引进是表示期待的，但是为了引起中国女性的共鸣，需要进行部分修改。

D 作为一名女性，如果让你向男性提出一个希望他们直面回答的问题，你会问什么？

K 律师、科学家、医生、飞行员、政治家——请说出你第一时间想到的五个人物，而这五个人中又有多少是女性呢？是不是性别歧视在你的无意识中已经根深蒂固了？

역시 너는 현모양처감이야
얘는 엄마가 키워야지
엄마 밥 줘!
여자들이란…
여자애가 그렇게 드세면 남자가 싫어해
딱 10kg만 빼면 미인인데
지혜씨 예뻐서 뽑힌거 알지?
짧은 치마 입는 건 보라는거 아니냐?

烈女如歌
女性群星闪耀时

专访克罗地亚沃克斯女性网站团队

TEXT / Vincent

作家弗吉尼亚·伍尔夫写过一句话：“就大多数历史来看，无名氏多为女性。”当我们要求某人说出 5 位女性哲学家或科学家的名字时，她的话就得到了证实。事实上，历史上总有一些震古烁今的成就出自女性之手，我们好像知道一些，但又好像对她们中的大多数并不了解。基于此，克罗地亚的一个设计团队推出一款纸牌游戏，游戏中的主角来自世界各地，她们不分时代、种族与肤色，只因她们在各自领域有着亮眼的成就。她们大多为“无名之辈”，但都在属于自己的那一小块天地里，散发着微弱的光。这些微弱的光芒聚在一起，照亮了整个世界。

Fierce
WOMEN
ALL THE RIGHT CARDS
Fierce
WOMEN

Fierce WOMEN

我们经常会在教科书或者任何传统的公共媒体上认识一些名人和他们的成就，如：著名科学家爱因斯坦，非暴力不合作运动领袖甘地，首个进入太空的人类尤里·加加林，被誉为“计算机之父”的冯·诺依曼，等等。他们分别在不同的领域推动了历史的进程，成为人类历史上的伟大人物。但是，在遥远的克罗地亚，却有几个慧眼如炬的人，她们意识到了这个世界的丰功伟业并不完全由这些男性创造，还有许多女性也在发光发热，可不知怎的，她们似乎没有什么存在的痕迹。于是她们专门制作了一款游戏，希望大家在娱乐的同时也可以了解到一些有成就的女性，并且取了一个大胆的名字：《烈女如歌》（*Fierce Women*）。

“我们不用特地制作一款《烈男如歌》，因为我们已经在各个地方听到过他们太多次了。但这些女性，她们要么不为人所熟知，要么就被其他声音掩盖。”2005 年，一个名为“共同体”的组织建立了一个非营利性媒体：沃克斯女性网站（VoxFeminae.net），该网站关注在任何领域内、有关女性的一切，并于 2006 年开始举办沃克斯女性音乐节，希望向社会传递艺术和一些大胆的声音。网站中有一个叫作“烈女如歌”的板块，里面包含了 300 多部对社会做出巨大贡献的女性的传记。而弗吉尼亚·伍尔夫、西蒙娜·德·波伏娃、玛丽娅·朱里奇·扎戈尔卡和玛丽·居里一直是读者的最爱。

沃克斯女性的创始人加布里耶·拉伊万诺夫一直在思考，怎么才能让更多的人知道有关这些“凶猛女性”的故事呢？这位创始人，同时也是纸牌游戏的粉丝，她构思了一款游戏，并联合几个小伙伴在 2017 年制作出一个雏形。

“当这款游戏出现在大众面前时，大家的反响都很强烈，因此我们决定在 2018 年国际妇女节发起众筹，目标是能够印出 1000 套《烈女如歌》，并创办一个企业，用以开发促进性别平等和社会公平的产品。来自 40 多个国家的 700 人支持了我们，此次活动共募集了 32 000 美元，使我们得以实现我们的承诺。”团队设计师戴安娜说道。游戏获得成功后，团队创办了“烈女如歌”这个企业，并将游戏在克罗地亚的 50 多家书店和商店进行销售，同时在意大利市场发行 1000 套定制版。

“我们衷心希望，人们可以通过游戏这种方式学到点什么，并且可以为共同建设一个不受性别束缚的社会发展做出贡献。”设计团队说道，“2018 年 5 月，我们荣获了索齐亚玛丽社会创新奖，它仿佛在告诉我们——你们选择的道路是正确的。”

游戏规则

据团队设计师戴安娜介绍，这款游戏的玩法较为简单，上手很迅速。游戏卡牌和扑克牌的大小相类似，包装盒里共有 70 张卡牌，其中 60 张白色卡背的为人物卡，10 张黄色卡背的为行动卡。人物卡正面有该女性的名字、插图和一份人物小传；在卡牌上方有一些符号，代表了她们的属性。另外，行动卡给游戏带来了一些惊喜，并帮助玩家有策略地进行游戏。

游戏中的人物共有 6 种属性，分别是：女性主义、人权、文化、艺术、科学和政治。例如，海伦·凯勒是一名作家、教育家和社会学家。因此，在她的头顶上方共有 3 个符号，分别是政治、人权和文化。人物的属性以她本人的真实社会背景定制而成。游戏开始时，每位玩家共有 3 张初始手牌，公共卡池有 3 摞卡牌，游戏采用抽取一张卡牌再打出一张卡牌的方式进行。每个属性的卡牌值一分，当有两个人收集该属性卡牌时，该属性的卡牌每张值两分，以此类推，最后，得分最多的人获胜。游戏时间大约 20 分钟，人数为 2~6 人。

Valentina Tereškova

瓦莲京娜·捷列什科娃，人类历史上进入太空的第一位女性航天员。1963 年 6 月 16 日，她单独乘坐“东方六号”宇宙飞船进入太空。她也是迄今为止唯一一个独自进入太空的女性。

Hedy Lamarr

有些人天生有着令人惊艳的外表，漂亮得根本不像实力派，然而他们最终依靠自身的实力改变了人类的发展进程。海蒂·拉玛是好莱坞著名的影星，但她的代表作却不是电影，而是一项关于“跳频技术”的发明。她也因此被人称为“WiFi之母”。她说：“电影往往只限于某一地区和时代，而技术是永恒的。”

Françoise d'Eaubonne

弗朗索瓦·德欧博纳，生态女性主义的创始人，在 1974 年出版的《女性主义·毁灭》中首次指出女性和自然压迫之间的联系，试图号召女性领导一场生态运动，重新认识人与自然的关系，进而建立一种新型关系。她与波伏娃一起签订了“343 号宣言”。（注：343 号宣言，是由 343 名法国妇女签署的请愿书《谁有勇气说：“我已经做了流产”》，宣言要求堕胎和避孕合法化。该宣言由波伏娃进行撰写，1971 年发表在报纸上，弗朗索瓦与阿涅斯·瓦尔达等人都签署了该宣言。1974—1975 年，法国逐渐认可了堕胎和避孕的合法化。）

Fierce WOMEN

卡牌背后的女性

“由于我们需要选择 60 位杰出的女性人物，因此不得不削减了很多我们同样格外尊重和喜爱的人物。”团队的编辑祖安谈到，她们需要在六个领域找到合适的人选，并且有的人物需要融合政治、文化等两到三种属性。“这不是件易事，但出于我们的初心，我们选取的还是一些不为人知的人物。”祖安也向我们分别介绍了六个领域中的一些代表人物。

1

女性主义

玛丽·沃斯通克拉夫特（Mary Wollstonecraft）。她是女性运动第一次浪潮的著名领导人。她提出两性充分平等的要求，包括两性平等的公民权利和政治权利，反对贵族特权，主张女人应当不再受制于她们的身体以及由身体所带来的情感。她的名著《女权辩护》成为女性运动的经典。

2

文化

托妮·莫里森（Toni Morrison），美国黑人女性作家，世界文学史上最重要的作家之一，曾于 1993 年获诺贝尔文学奖，代表作《宠儿》《最蓝的眼睛》等。《观察家报》曾这样报道她：“当她开口讲话，整个美国都洗耳恭听。”但依然有人这样批评莫里森：为什么你总在写女性的故事，总在写黑人的故事？而莫里森回答说：“我从来没有问过托尔斯泰，为什么你不为我这个成长在艾奥瓦州的黑人小女孩写作？所以我非常不明白，为什么我总是被人要求解释，难道我该写一些关于读者您的生活吗？”

3

艺术

阿涅斯·瓦尔达（Agnès Varda）。1962 年，她执导的第一部长片《五至七时的克莱奥》，就入围了戛纳主竞赛单元。后来，她的作品被视为法国新浪潮发展的先驱，2019 年的戛纳电影节的主题海报以她在拍摄《短角情事》时的一张幕后工作照来纪念她为电影做出的伟大贡献。2015 年她荣获了戛纳电影节终身成就奖。

4

人权

罗莎·帕克斯（Rosa Parks）是美国黑人民权运动的先锋。1955 年，她在公车上拒绝给白人乘客让座，因此遭到逮捕，引发联合抵制蒙哥马利公车运动。美国国会后来称她为“现代民权运动之母”。她在自传中说：“人们总说我不让座是因为我累了，这并不是真相。我不是身体上的疲劳，仅仅是因为我对屈服感到厌倦。”

5

科学

阿达·洛芙莱斯（Ada Lovelace）是诗人拜伦之女，倘若你知道她在计算机领域做出的卓越贡献，你一定会大吃一惊。她提倡用二进制代替十进制，并为计算程序拟定“算法”，还指出分析机应该有存储位置或地址（即硬盘）。她是世界上第一位程序员。后来，美国国防部耗费巨资建立编程语言阿达纪念她。

6

政治

在远离欧洲大陆的冰岛，有这样一位女性，名叫维格迪丝·芬博阿多蒂尔（Vigdís Finnbogadóttir）。她是冰岛乃至欧洲第一位女总统。由于她的出色工作赢得了冰岛民众的信任，她连任了四届总统，任期15年。她成为冰岛历史上任期最长的总统。如此长的任期，在冰岛历史上是空前的，在世界上也是绝无仅有的。

“我希望我们可以有机会，利用一些有趣的，并且具有教育意义和社会参与性的方式度过这段游戏时光。”戴安娜说道。在“烈女如歌”的官网上，我们会看到一段小视频，内容是很多玩家在一起玩游戏的样子。在游戏中，我们看到玩家不被年龄束缚地玩着：小孩子们眼中闪着狡黠的光，年迈的奶奶开心地大笑，大家都认真地思考游戏策略。这些真诚让我们体会到，桌面游戏是平等且有教育意义的，我们也希望这个小小的团队能够沿着这条路成长下去。

茨威格说过：人世间数百万个闲暇的小时流逝过去，方始出现一个真正的历史性时刻，是人类群星闪耀的时刻。而在这个游戏中，你会看到，有发现DNA双螺旋的化学家；有改变代数理论的数学家；有开启隐秘调查先河的社会记者；有患有自闭症的知名动物学家……她们宛若星辰一般散发着光辉，普照着短暂的黑夜。

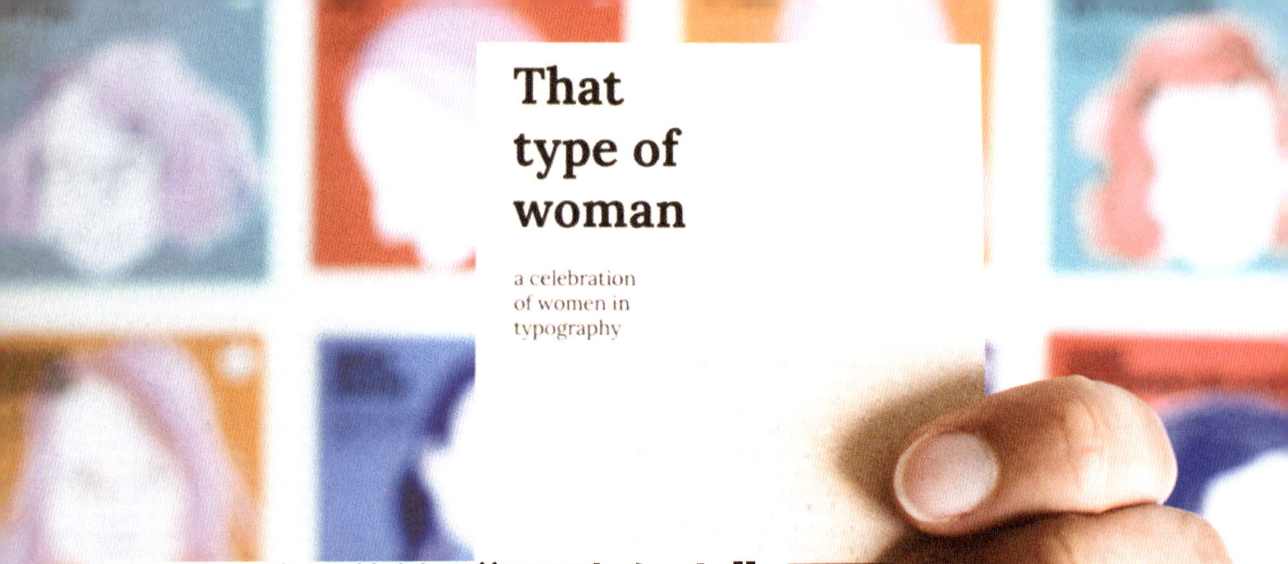

你所不知道的“那种女人”

专访《那种女人》设计师明娜·米纳

诺贝尔和平奖获得者马拉拉·优素福·扎伊（Malala Yousafzai）说过：“当整个世界都保持沉默时，那唯一的声音就会变得强有力。”于是，明娜·米纳（Minna Miná）决定迈出她的第一步——制作一款关于女性视觉传达设计师的桌游《那种女人》。

TEXT / 小霸王

That type of woman

2013 年时建筑设计界发生了一件大事，约 1720 名建筑设计师联合请愿，希望罗伯特 · 文丘里（Robert Venturi）的妻子兼合伙人丹尼斯 · 斯科特 · 布朗（Denise Scott Brown）可以与他享有同样的奖项，然而这项请求出于各种各样的理由最终被驳回了。但这件事之后大众开始注意到一件被忽略已久的事情，当男性设计师的伴侣以合伙人的身份倾其所有共同协作，最终名利双收的也只有男性设计师而已，而男性又是否会把名扬万里的大好机会与身边默默付出的伴侣共享？历史上仅有两名女性获得过普利兹克建筑奖，而未获奖的女性设计师又有多少是因为社会固有思维而与这一奖项失之交臂？

现在每当有人谈论到女性设计师被忽略这个事实时，就会有人出来辩驳说女性在社会上的地位已经不再低下。的确，现在女性貌似已经得到了更多的机会，但只有那些万里挑一的女性设计师可以有机会被予以重任并且被记住。例如众所周知扎哈 · 哈迪德（Zaha Hadid）是当今知名的女性建筑设计师，但如果被要求陈述数名建筑设计师的名字时，其中的女性占比又会是多少？打开谷歌搜索著名视觉传达设计师，网页上方自动推荐的最受欢迎的 9 名设计师中仅有 1 名女性，这个比例显而易见。

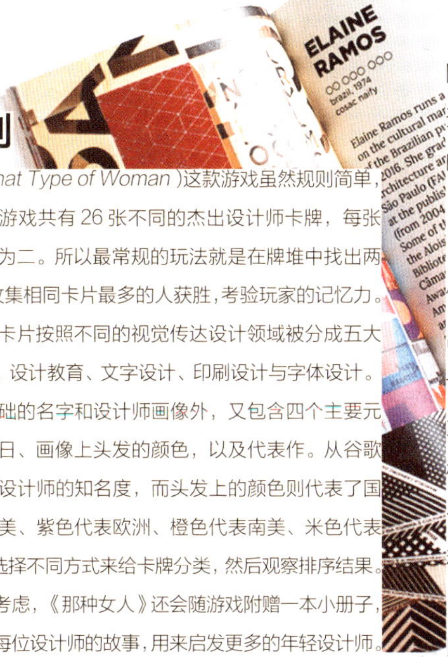

游戏规则

《那种女人》(*That Type of Woman*)这款游戏虽然规则简单，玩法却不单一。游戏共有 26 张不同的杰出设计师卡牌，每张不同卡牌的数量为二。所以最常规的玩法就是在牌堆中找出两张相同的卡片，收集相同卡片最多的人获胜，考验玩家的记忆力。除此之外，所有卡片按照不同的视觉传达设计领域被分成五大类，即版式设计、设计教育、文字设计、印刷设计与字体设计。每张卡上除了基础的名字和设计师画像外，又包含四个主要元素：知名度、生日、画像上头发的颜色，以及代表作。从谷歌搜索次数来决定设计师的知名度，而头发上的颜色则代表了国籍：粉色代表北美、紫色代表欧洲、橙色代表南美、米色代表非洲。玩家可以选择不同方式来给卡牌分类，然后观察排序结果。出于普及知识的考虑，《那种女人》还会随游戏附赠一本小册子，更进一步地介绍每位设计师的故事，用来启发更多的年轻设计师。

“我在读研究生的时候发现视觉传达设计界女性导师或是女性偶像实在太少了，在学校里人们总是谈论男性设计师多于女性，出于好奇我在网上搜索了一下相关问题，然后发现了很多女性设计师令人惊艳的作品，由此可以推断出女性设计师并不是因为能力问题而被忽视。于是起始于个人需求，我立下了一个更大的目标——希望可以使她们不再默默无闻。我将这个想法拓展成了一个完整的研究项目，在经过了大量的调查与测试之后创造了《那种女人》这款桌游。”

比起广泛地谈论女性对社会做出的贡献，明娜缩小了范围来聚集焦点，她主要强调女性视觉传达设计师为业界所做的杰出贡献，希望可以借此启发更多的年轻设计师，同时激励更多的女性在设计的道路上继续走下去。

“女性至今仍在很多领域处于弱势地位，设计师只是其中之一。了解这款游戏的故事并去传播，对我们来说十分重要。尽管很多业界先锋对自己的处境十分迷茫，她们依然在不偏离原则的情况下努力争取。无论她们来自哪里、多大年纪、从事什么职业，她们的故事一直是我们的动力，鼓舞我们继续用自己的方式帮助更多的女性。”

卡牌背后的女性

“选择业内代表设计师无疑是一个非常艰难的过程，因为杰出的女性实在太多了！”明娜尽量寻找了很多不同领域、不同国籍的视觉传达设计师来使游戏更加多元化。在做完选择之后，她会以设计师的代表作来赋予每人一个关键词，然后按照字母顺序将她们排列。无论玩家对视觉传达设计领域感兴趣与否，都会从中获益良多，通过阅读会发现很多家喻户晓的作品都出自女性设计师之手，并发出类似于“原来是她的设计！”的惊呼。以这 5 名代表人物为例：

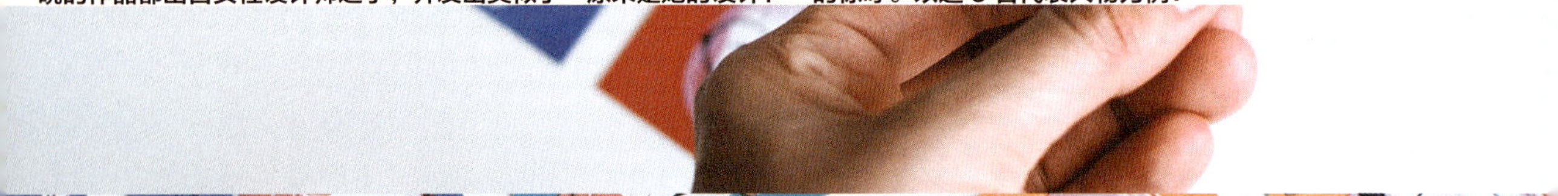

版式设计 Editorial

伊莱恩·拉莫斯（Elaine Ramos）

是巴西乌布（Ubu）出版社的联合创始人，并在科萨克奈菲（Cosac Naify）出版社担任艺术总监长达 11 年，设计了数百本书，荣获过很多奖项。她的这些作品影响、启发了很多包括明娜在内的设计师，并成为明娜走上视觉传达设计道路的直接主因。

设计教育 Education

艾伦·拉普顿（Ellen Lupton）

身为美国史密森设计博物院当代设计馆的馆长，拉普顿常年在设计教育领域努力着。拉普顿最出名的创作是《DIY：自行设计》，这本书综合展示了非科班出身的大众是如何发掘自己的设计方法，以启发年轻设计师的创新能力。正如她在书中所说：“人们不再只是品尝食物，他们会去亲手制作食物；比起单纯地浏览图片，他们开始尝试拍照；与其买 T 恤，不如去卖衣服。”

文字设计 Lettering

保拉·谢尔（Paula Scher）

曾在 2012 年为 Windows 8 设计了标志，将旧的四色符号重新设计为更现代的几何形状。她最出名的作品是地图系列（*Maps*），以不同的手法来表现一个城市或是国家的内核及遭遇。例如《非洲》（*Africa*）以鲜明的黑白调色板呈现，暗示着饱受折磨的殖民时代；而《世界》（*The World*）中又以许多拼写错误来暗示对南美等地的刻板印象。保拉的视觉表达手法新颖，内容深刻，为年轻的设计师做了一个很好的示范。

印刷设计 Print

艾普莉 · 格雷曼（April Greiman）

艾普莉的父亲是文图拉理工学院的创始人兼总裁，在这样科技氛围浓厚的家庭中成长的艾普莉将科技与艺术合二为一，是公认的最早接受计算机技术作为设计工具的设计师之一。1995 年，美国邮政总局还曾发行过由她设计的邮票，以纪念美国宪法第 19 条修正案——女性的投票权。跨越了传统艺术媒介的限制，她以自己独特的风格为平面图形创造了一种深度感和动态感，是当年设计师中的先锋人物。

字体设计 Type

玛格丽特 · 卡尔弗特（Margaret Calvert）

出生于南非，于 1950 年移居英国。她与同事乔克 · 金尼尔（Jock Kinneir）共同设计了许多英国的路标，以及用于路标的字体。这个字体还被进一步开发，并且被用于英国公共部门信息网。英国铁路系统使用的字体，以及早期机场中使用的标志都是由玛格丽特设计的。然而很多英国人并不知道他们每天见到的字体是由这样一位优秀的女性设计师创造的。

无论男女，现在的我们都已经习惯于享受女性的默默付出，近到为家庭日夜操劳的母亲、维护小区环境的保洁阿姨；远到使人类生活便捷的女设计师、为技术发展做出贡献的女科学家。诚然，我们不可能记住每一个女性，但我们至少需要知道一些杰出代表人物，并去赞美她们努力付出后的成果。当越来越多的成功女性被大众提及时，在前进道路上的她们便不会因为没有榜样、鲜有成功案例而感到迷茫。

现如今女权主义被很多人诟病为过于偏激的“女拳”，但世界上除了偏激的网络键盘侠外，也确实存在很多像明娜这种在默默为女性做贡献的人，她们温和有主见，只是想与大家分享这个世界上像她一样创造美好事物的女性。借用一句艾玛 · 沃森（Emma Watson） 在 2015 年演讲时说过的一句话：“女人有许多潜力与可能性，如果因为没有受到鼓励而浪费了，这是多么可惜的一件事。” 女性像男性一样需要受到鼓舞，只有男性与女性共同发展，这个世界才会更好地进步。我们今天就能去读一篇女性传记并讲给身边的人听，也可以在回家的时候对母亲表达爱意和感恩，改变这个世界并不是必须要有创举，只有每个人都付出点滴才能融汇成海洋。

《女性主义》封面

#Feminism

A Nano-Game Anthology

你所没有意识到的那些“隐性歧视”

从《女性主义》真人角色扮演游戏书谈起

TEXT / 小霸王
PHOTO / SHUO MENG

比起长篇大论的演讲等形式，游戏的代入感也许更容易走进人们的心里，也顺势成为一种易于被接受的传播途径，这恰恰是这些年“游戏化”概念所倡导的传达优势。现在，很多人对于“女性主义”这个词的抵触也许可以通过真人角色扮演游戏(LARP)来化解，因为这类游戏可以将玩家放入特定场景中并与其他角色互动，这样可以使参与者通过亲身体验来引发共情能力，从而更容易理解一些游戏背后的事件及理论，然后促进进一步的思考。正如简·麦戈尼格尔在《游戏改变世界》这本书中所言：

“它让人们走入陌生人的生活并扮演有益的角色变得出奇地容易。它向我展示了本来并不知道自己拥有的援手能力，它改变了我们对自己是谁、我们能给予多少关注、我们能为别人做些什么的全部认识。”

《女性主义》是一本迷你游戏合集书，该书邀请了来自 11 个不同国家的女性主义者，并收集了共 39 款游戏来探讨当代女性主义问题。这本书的创作初衷皆是由于这些设计师在生活中对女性歧视的所见所闻，例如以男性为主角的故事会被贴上“精彩游戏”的标签，而侧重女性经历的故事则会被贴上“女性游戏”的标签。女性并不是独立于人类之外的存在，这本书的出版就是为了增强女性的声音，希望社会文化可以为女性提供助力，从而消弭性别歧视带来的损害，让《女性主义》这类游戏不再是“女性游戏”，而是“模拟游戏”。

而与常规真人角色扮演游戏不同的是，为了让游戏的接受度更广，书中的游戏皆为精简版角色扮演小游戏（Mini LARP），即 3~5 名参与者使用最简单的道具，在一个小时内就可以完成的体验。每位游戏设计师通过游戏表达她们对社会上关于女性问题的一些看法，游戏风格从幽默到严肃皆有，而且包含的主题也多种多样：刻板印象、生殖权利、家暴等，玩家可以选择自己舒适的方式来尝试感兴趣的游戏。

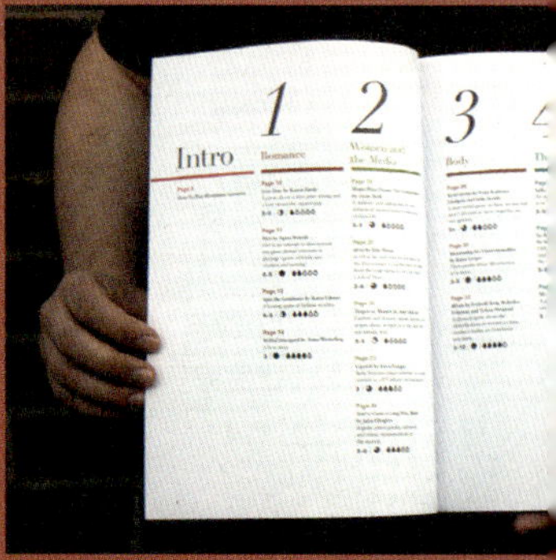

案例 1：《套路与女性》

书中诙谐向游戏最典型的例子当属《套路与女性》，该游戏的灵感来源于 YouTube（油管）上的一个频道“女性主义频率（Feminist Frequency）”里的同名栏目，其中的一系列视频都在总结并探讨电影、游戏等主流媒体中塑造的不同女性刻板形象。游戏设计师安·K. 埃里克森从中选了三个典型，然后在此基础上编制了三个真人角色扮演小剧本，并创造了两种不同的玩法。第一种是现实主义风格玩法，玩家需要尽可能真实地去演绎剧本，用来感受影视作品中对女性角色刻板印象的刻画；另一种玩法被称为烂俗狗血风格，扮演者可以用上所有能想到的夸张俗套桥段进行表演，用诙谐幽默的方式讽刺那些被过度消费的女性形象和套路。

游戏中的形象也挑选得非常巧妙，成功地让大部分玩家看到剧本就会立刻联想到某些影视作品或游戏角色，备感真实。以下文这两个剧本为例：

躁动精灵：游戏中两名玩家需要分别饰演悲伤的男性与活泼的小精灵，讲述两人相遇并相爱的故事。“躁动精灵”一词在影视作品、游戏等领域泛指一个性格古怪、与众不同的少女遇到一个沮丧的男性，两人擦出了火花，然后女性会在不追求自己幸福的情况下帮助男性。

例如电影《伊丽莎白镇》里的“克莱尔”，在心情抑郁的男主角对她没有丝毫兴趣的情况下，克莱尔陪他聊了整个旅程，并且决定帮助他重新振作起来拥抱世界的美好。在这类作品中通常“躁动精灵”代指将女性形象过于理想化的表达而忽略人物的真实性，她们没有自己的故事背景，没有目标，对比男性总显得很肤浅，存在的意义似乎就是为了给男性提供帮助，于是这个词也渐渐被用于揭露现代文化中对性别的歧视。

诱惑女魔头：在这个游戏中，女魔头需要色诱男性玩家并吃掉其心脏才能存活。“诱惑女魔头”这一剧本中心思想的来源，是“女性主义频率”栏目通过总结一些游戏发现的，女性不一定是通过特定的举止成为坏人，而仅仅是因为身为女性便成为反派。游戏《毁灭战士 3》中有个裸体女人上半身和蜘蛛下半身结合体的怪物，并且怀有邪恶的胎儿。女性的裸体代表着视觉刺激，蜘蛛则代表危险，而美好的孕育一词竟被指向邪恶。

其实早在许多经典故事中，女性就已经频繁被描绘成具有欺骗性或对男性有害的类型，例如希腊神话中的潘多拉，就是作为普罗米修斯给予人类火种的惩罚而诞生，她凭自己魅惑的能力嫁给了埃庇米修斯，并打开魔盒为人间带来了灾难和瘟疫。这样的例子数不胜数，这些渊源古老的比喻把女性当成一种威胁，并构建出一种“与性相关的危险诱惑者”的形象用于传播。

“女性主义频率”栏目和游戏作者的目标都是希望通过视频或游戏的方式，来提高人们对“如何更真实地描绘女性”的认识，从而减少刻板印象。当然若偶然出现其实也无伤大雅，但当这些主流媒体一次又一次地重复强化某些对于女性的刻板印象时，不仅显得陈词滥调，而且没有给予女性足够的尊重。这款游戏旨在让更多人感受到这些形象的缺陷，从而促使未来的女性角色变得更饱满。

（上图）《伊丽莎白镇》，克斯汀·邓斯特扮演了一个“躁动精灵”（图片来源：fanpix.net）。
（下图）潘多拉的故事可以折射人类最早对女性的定位（图片来源：1st-art-gallery.com）。

案例 2
《成为女孩：一个写给男孩的游戏》

书中除了相对轻快的主题，也有深度探讨一些更严肃的社会话题，例如《成为女孩：一个写给男孩的游戏》。三个以上男性玩家即可参与游戏，每人扮演一名刚刚从男性暴力虐待的环境中逃离的女性，为了治疗心理创伤而聚集在一起讲述自己的悲惨经历以及心情。故事可以源于报纸上的真实事件，也可以基于家庭暴力、性别歧视等真实事件来创造女性角色。这个角色扮演游戏其实是一项关于移情的小练习，旨在使男性可以更了解遭受暴力侵害的妇女的感觉。通过演绎这些针对女性的暴力问题来体会女性在当今社会中的处境，从而感受到男性在当今社会中的一些特权。

2019 年年底时，刚刚在揭露福克斯电视台性侵丑闻的电影《性感炸弹》中扮演重要角色的查理兹·塞隆在接受电视台采访时就曾公开讲述过自己被家暴的经历。在查理兹小的时候酒鬼父亲回到了家，出于恐惧她和母亲在卧室把门堵住，而父亲则拿枪对着门开了三枪，幸运的是三枪都没中。出于自卫，母亲开枪杀了父亲。正是由于社会对于家庭暴力的不够重视，才会导致这样的悲剧一而再再而三地发生。据世界卫生组织 2017 年的数据显示，全球有三分之一的女性遭受过身体或性暴力，仅有不到 10% 的女性报过警。而这种局面的形成，除了施暴者哄骗威胁式的洗脑控制外，有些女性要面临得不到孩子的抚养权等困境，也有许多针对女性的社会舆论压力，例如离过婚的女性会“贬值”、离婚是“家丑”、被家暴的女性皆“软弱无能”，这些言论让她们对逃离望而却步。

《成为女孩：一个写给男孩的游戏》可以让更多的未曾经历过家暴的男性切身体会身为被施暴女性的绝望感，当在网络上看到对她们的抨击时，也许会站出来说一两句；当看到她们不知道如何选择时，鼓励她们成为更好的自己。只有整个社会舆论对她们越来越友善，她们才会更容易做出对的决定，这个世界才会变得更加友爱美好。

（上图）《伊丽莎白镇》，克斯汀·邓斯特扮演了一个“躁动的精灵”（图片来源：fanpix.net）。
（下图）潘多拉的故事可以折射人类最早对女性的定位（图片来源：1st-art-gallery.com）。

查理兹·塞隆在《性感炸弹》中扮演梅根·凯利，受访时讲述自己遭遇暴力的经历（图片来源：迈克尔·罗兹曼 / 华纳兄弟）。

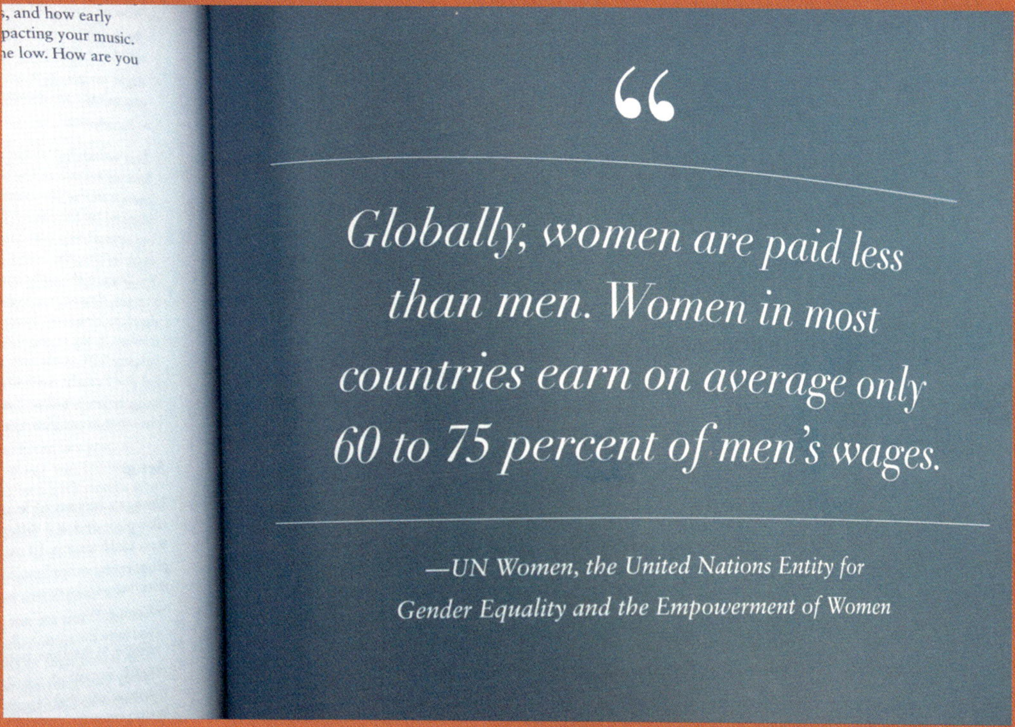

2016年，利兹·史塔克带着自己编辑的《女性主义》游戏书来到著名的电子游戏展E3参展，作为IndieCade（一个致力于游戏推广的组织）区域的一部分。她是一名资深的LARP（真人实境角色扮演游戏）玩家，她也希望通过这样的游戏形式让更多人注意到“女性主义”所强调的“包容与理解”。展会期间很多男性玩家都停下来自愿体验她在现场所设计的游戏，并且告诉她他们有多支持她的事业。很多对“女性主义”困惑的男性也希望利兹可以通过游戏解答他们心中的问题，而一位来自日本的女玩家的反应让她了解到，在世界各地还有更多相较于欧美“不开放”的思想，刻板的印象，需要这种易于接受的方式让大家了解。

“游戏化”恰恰就是这样神奇的语言，它可以打破性别与偏见，连接地域与文化，它让《女性主义》这本书中幻想的情景有了实际的意义，同时也带给其他人权主义者一个崭新的视角。

桌面上的“她”Becca Scott

专访知名桌游主播贝卡·斯科特

TEXT / Vincent

当我们回顾桌游媒体的代表人物时，我们很难忽视这个古灵精怪的女孩。她很幽默，但在讲解桌游时又非常专业；她经历过一段低谷期，但从未气馁。在这个广阔的桌面上，她勇敢而坚定，开创了属于自己的空间。

Geek & Sundry

在桌游行业的衍生视频媒体中，开箱博主、测评博主已经成为桌游爱好者观看节目的首选。在众多视频内容创作者里，有一位女孩脱颖而出，成为最受欢迎的视频博主。

“极客杂物”（Geek & Sundry）是一个与桌游有关的视频类网站，坐拥208万粉丝，其中包括角色扮演、桌游讲解、情景喜剧等10多种节目。而在众多节目里，最受观众喜爱的莫过于由贝卡·斯科特主持的桌游类节目《游戏桌游》（*Game the Game*）了。这档节目在YouTube上的简介如下：自己开启一盒新游戏可能会有点困难。在这里，贝卡·斯科特教你怎样玩转新游戏。从2017—2019年，《游戏桌游》共发布了124个视频，每个视频的播放量都在2.5万次左右。除了一些桌游玩家外，还有很多人慕名而来，只为一睹贝卡的风采。

8岁那年，贝卡和父亲一起下象棋。这是她第一次接触桌面游戏，给她留下了很深刻的印象。那是她第一次认为自己可以运用头脑和思维去解决问题，赢得游戏。从戏剧学院毕业后，她很自然地成为一名演员。她会抓住镜头展现自己，但在当时，能够出演的机会并不多。由于演员的身份和大量玩桌游的经验，她在2017年获得了出演一档桌游节目《游戏桌游》的机会。同年10月，她接手了《怎么玩桌游》这个栏目，该节目在不到10分钟的时间里给玩家介绍一款新游戏。它在YouTube的介绍如下：桌游非常有趣！但是研读一款桌游的游戏机制真的是一个挑战。贝卡是你的游戏导师，在这里，她会将游戏机制化繁为简，让你更快地进行游戏。这两个节目的加成为贝卡带来了大量人气。

任何一个知名女性的成功都不是一蹴而就的。萧红说过：“女性的天空是低的，羽翼是稀薄的，而身边的累赘又是笨重的。不错，我要飞，但同时觉得我会掉下来。”是的，在贝卡的成长经历中，那个名为“歧视”和“恶意”的怪兽一直如影随形。她用了很长时间去正视它们，摆脱它们。但也是因为它们，贝卡获得了崭新的自我。

2017年10月，在她第一次接手《怎么玩桌游》的时候，她被舆论攻击了。当她从上一个男主持手里接下这个节目时，她没有多想，只是去尽力完成节目的录制。但当她看到评论时，一些恶评伤了她的心。“她真的很烦人，硬要搞笑，甚至弄乱了一些规则。”“你的妆容真的蠢爆了。”诸如此类的话。她也指出，在社交媒体上，有很多人仅仅是在表达恨意。“但当你总是看到有人说不希望女性出现在大众面前表达自己的意见时，那真的会让你失望。”

但好在大部分人的眼睛还是明亮的。随着节目的播放以及主持风格的不断进步，她获得了更多的粉丝。2018年，她和几位女性一起组建了一档角色扮演类节目“TBD”，节目的收视率很高。她的生活丰富多彩，除了桌游之外，她还开设了自己的频道，现在已有6000多名粉丝。她会在自己的频道里教一些生活小窍门，如教你搭建猫别墅，教你做桌子等。无论是镜头面前的她，还是私下里的她，贝卡都透露着自信和快乐。她说：“幸福和快乐不是与生俱来的，它一定是你通过攻克难关和解决难题得来的，所以去行动吧！”

Becca Scott × Dice Q&A

D / DICE　B / BECCA SCOTT 贝卡·斯科特

D 众所周知，你是一个非常优秀的内容创作者。那么，促使你成为桌游类视频创作者的原因是什么？

B 在成为一名内容创作者之前，我是一名演员。我非常喜欢在镜头面前表演，但是表演的机会并不是每天都有。我希望能够找到另外一种方式来持续燃烧我的热情。当然，还有一个原因是，我对一起玩桌游的小伙伴有很深的热情，我们希望能继续建立联系。

D 那么，在你成为内容创作者到组建团队花费了多少时间，中途有没有经历什么波折呢？

B 在我和“极客杂物”一起工作前，我一直在一个数字媒体做幕后。我工作非常非常努力。但当我有机会去做节目时，（极客杂物）工作室为我提供了很强劲的动力。也多亏于此，这个节目没有经历过什么挫折就成功了。然而，《游戏桌游》最初是作为桌游节目出现在“扭转”（twitch）上的（注：twitch是一个游戏流媒体网站，提供游戏实况、赛事转播等）。这种节目在当时还不是很常见。我们遭遇的很大一个挫折是在最开始，我们很难在录制环境中很好地展示游戏。为了找到最佳的角度去录制游戏，我们花费了很长时间调整摄像机的角度，然后我们把节目变成预先录制再编辑的模式，它就可以更好地展现游戏了。从那以后，我们的粉丝量一直在增长，也为我作为主持人带来更多的机会，对此我非常感激！

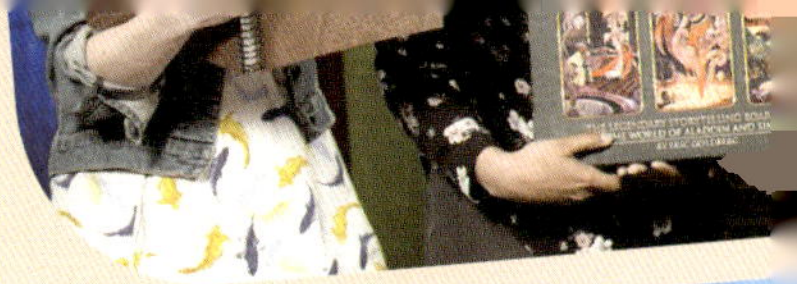

Ⓓ 除了《怎么玩桌游》和《游戏桌游》，你还是 TBD 角色扮演（这是一个只有女性的团队）的核心成员。打造这个团队的初衷是什么？

Ⓑ TBD 上的很多成员之前都在“扭转”和 YouTube 上的角色扮演类节目里待过。这个小团体成立之前，我们火眼金睛的制作人注意到了我们这些人在“极客杂物”中的化学反应，于是建议我们成立一个节目。我们想探索这个群体如何发挥想象力并且让它野蛮生长。我认为，作为一个女性团队，我们确信自己的声音被倾听和提升。我们也真诚地接纳彼此的性格，使对方看起来最自然。我们还会分担讲故事（或充当 GM——游戏主持人）的角色，使得节目可以更加平等。

Ⓓ 这个团队的受众群体和《怎么玩桌游》《游戏桌游》有什么不同吗？你在创作的时候会考虑不同的因素吗？

Ⓑ 我认为每个节目都有属于自己的观众，他们一定会出于不同的原因来观看节目。《怎么玩桌游》的目标很简单，它就是一个工具，人们可以利用它来帮助了解新游戏，然后更有效地去教别人怎么玩。点进这种视频的人大部分都对这个游戏感兴趣。但 TBD 不一样，在创作时，我不会考虑理想的观众是谁，我只是在想我想看什么。如果我能做一些我感兴趣看的东西，那一定有观众和我一样享受其中。如果让我去想为别人做什么节目，那它最后可能会以失败告终！

Becca Scott × Dice Q&A

Ⓓ 严格意义上来说，在做了这么多期节目后，你已经是一位非常成熟的节目主持人了。你在镜头前面是如何做到得心应手的？

Ⓑ 其实，在节目录制开始前我还是会紧张。暴露在大众的眼光下，被人审视，怀疑自己的能力还是很正常的。我的经验是试着忘记别人对你的看法。因为只有自己玩得开心时，你周围的人才会玩得很开心。录制视频的最佳时刻就是当我能让我的演员们感到惊喜或他们让我感到惊喜的时刻。

Ⓓ 我们都知道，名人要承受很多非议。当你面对恶评的时候，你是怎么消化的？

Ⓑ 在 YouTube 这种地方，你会接收到非常非常多的恶意。他们会无缘无故地来批评你。说实话，消除这种情绪很难，并且会花费你很大一部分精力。但在你心里，你只需要倾听两种声音：一种是批评指正，另一种是纯粹且积极的自我对话 。不要沉溺在消极的海洋里，倾听那些美好的声音。如果你继续前进的话，你会发现，那些负面的声音将被粉丝的喝彩声和鼓励声淹没。

Ⓓ 您对女性主义是如何看待的，这些又在桌游和视频上有什么表现呢？

Ⓑ 我认为在任何行业中，都应该允许不同的声音出现。因为在游戏行业里，传统上由男性为主导，所以我的出现本身就是一个女性主义的行为。在我成为主持人的这几年里，女性主义对我来说意义变得越来越重大。我经常会看到一些年轻女孩在进入桌游圈或视频游戏的世界时小心翼翼地问“我应该来吗”或者是“我适合吗”，我的答案是“是的，你应该来，你很适合”。同时，我也很荣幸作为一些女孩的榜样，让她们知道在这个爱好里是会受到欢迎的。我非常重视这个角色，因为它代表了很多东西。

Ⓓ 如今，女性在桌游有关的行业内占比越来越高（如设计者、插画师、内容创作者等）。这与从前相比已经有很大进步了，你对此怎么想？对于一些新兴的女性设计师和内容创作者，你有什么建议？

Ⓑ 我很激动！事实上，我觉得这种感觉简直太好了。当这个行业只有你一个人的时候，你是很难坚持下去的。但是在桌游领域，越是不害怕发声的女性，就越能舒适地加入。我希望可以有更多的人加入这些行业，为更多的人创造公平。无论你是设计师，还是内容创作者，都一定要相信自己的价值所在，不要去听那些怪人和反对者说的话。记住那句话：“你做的事情正在给世界带来美好！”

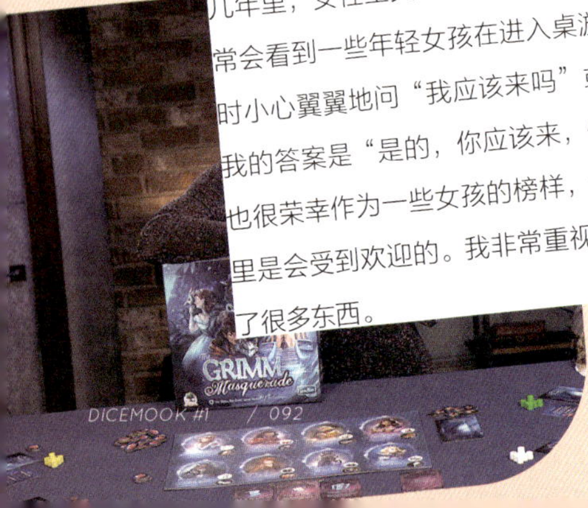

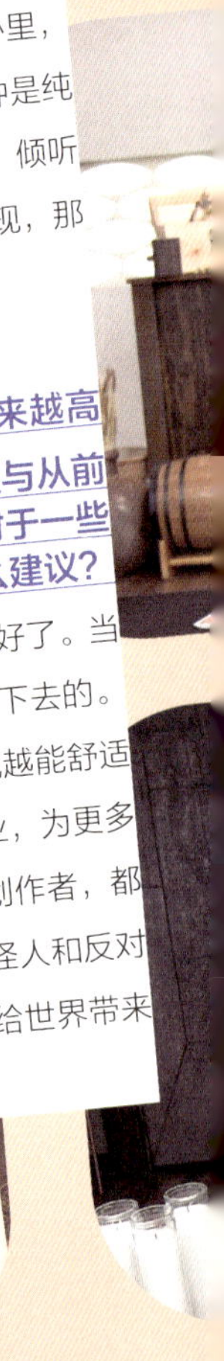

其他的女性面孔

除贝卡·斯科特之外，我们也很高兴在许多桌游网站上看到了其他女性内容创作者的身影。她们或是制作出创意十足的视频内容，或是痴迷于角色扮演。纵观这些玩家，我们都能找到一个共同点：对桌游的热爱。

克里斯蒂娜·艾默里托 Christina Aimerito

《女孩游戏架》的主持人

克里斯蒂娜于2015年在YouTube上开通了自己的频道。她在自己的家中接待朋友参加游戏之夜，将她们玩游戏的视频上传至视频网站，最后每个玩家会谈到她们是否会将游戏添加到自己的游戏架上。

“能看到一群女孩聚在一起玩桌游真的很高兴，”克里斯蒂娜说，“我希望以后可以有更多的节目出现。”

苏珊娜·谢尔顿 Suzanne Sheldon

《骰子塔》的“桌游早餐”

《骰子塔》几乎是YouTube上桌游类最知名的频道了。它为玩家提供游戏新闻，开箱和测评的内容，并且每周一都会发布各种游戏见闻。苏珊娜是其中一个节目Crowdfunding Roundup的主持人。这个节目着眼于众筹网站的游戏，也会玩一些时长在45分钟内的小游戏。

但是直到今日，贝卡的疑虑依然没有完全消散。“我有一个好朋友，名叫威尔·惠顿(Wil Wheaton)。他之前有一个已经完结的节目叫《桌上的极客杂物》，共有四季。我的节目算是接替他的吧。但是直到现在，几年过去了，我还能看到很多评论说：‘威尔去哪儿了？’有时候我就会想，为什么有些人只想听到‘他’的声音，哪怕我现在已经做得很棒了。”

黑白嘉境

TEXT / Vincent

专访

黑嘉嘉七段

中国台湾职业棋手

如果我们需要科学而客观地在深度策略桌游范畴寻找一位可以与男性匹敌的女性代表，那么没有比身处冷峻的围棋界的这位偶像更合适的人选了。

2016 年，黑嘉嘉签约了种子音乐，在她刚刚晋升为职业七段选手之后不久。放在几年后的今天，人们或许会把这样的行为与某些艺人获得建筑奖、博士学位一类的事件相提并论。但你在围棋手身边很少听到这样的声音，因为这个世界黑白分明，胜负绝对，而黑嘉嘉多数时间都是赢的那一位。

在中国台湾围棋界，注册的职业男性棋手百名有余，但是职业女性棋手只有这个数字的十分之一，当然这样悬殊的比例不仅仅发生在宝岛，这个黑白世界最高段位的统治者始终都是男性。女性职业棋士最大的劣势被认为是在对局之中容易情绪波动，进而做出错误的判断，这也是影响她们成绩的主要原因。

“我印象最深的一场比赛就是 2010 年在广州亚运会的时候，我们和日本代表队争夺铜牌，中盘我一直处于劣势，当时有一种想要放弃的念头。”黑嘉嘉接受采访的时候也谈到了自己的这种感受。那时她已经学习围棋 10 年，并有 6 年的比赛经验，每当她遇到困局的时候，都会回想自己只身在内地学棋、升段的挑战，那些看似孤独而枯燥的时光她却总是享受其中，孜孜不倦，于是，面对眼前的局面，她总会调整心绪，“当我平静下来之后，我会发现世界变得开阔，对局还没有结束，可能性就还有很多。这种让自己冷静下来的本领也许是我与生俱来的特质吧”。那场比赛他们最终获得了胜利，而她也因此入围了“年度新秀运动员”菁英奖。

当然，从外人的第一印象来看，她的特质就是艺人级别的混血颜值。你在网上搜索黑嘉嘉的时候总不可避免地看到“美女棋士”“围棋女神”这样的定语，之后由于经常去日本打比赛，她俘获众多当地的粉丝，自然不可避免地获得了颇具日媒风格的“千年仅一”这样的限定称号。但自小母亲就告诫她和姐姐，比起外表，学习更多的技能才是可靠的资本，所以姐姐一路闯关成为学霸，她也抵达了中国台湾女性棋手的巅峰。

如果你摘下黑嘉嘉身上那些彩色的标签——美女、艺人、模特、极限挑战爱好者……你会发现她的世界黑白两色依然有着极高的饱和度。在过去 3 年间，她参加了 12 场重要级别的比赛，获得了两次冠军、三次亚军，其余的比赛也均保持前四的水准。当她开始下棋的时候你很难将那个日常说话声音甜美可人的女孩子与眼前沉稳老成的棋手联系上，但这是她最舒适也是最熟悉的位置，比起那个还在探索自己可能性的艺人身份，坐在棋盘前的她才算是如鱼得水了。

当我们问她，为何做了那么多事（事实上她在社交媒体上展现的生活内容真的远远比其他围棋手要丰富许多）仍然执着地参加围棋比赛时，她表现得像是谈论自己的老朋友一样雀跃。围棋陪伴了她从幼年到成年的所有时光，包括挨过母亲去世后的那段悲痛期。也许在别人看来是严峻的比赛，但对黑嘉嘉来说就像是与老友相聚，当她环游世界回来，要坐下来执子对弈的时刻是亲切熟悉的。“就算有一天我不做职业棋士了，不再去参加比赛，我也会和朋友们约着在网上下棋。围棋是我一辈子的好友，你不可能离开自己的朋友。”

如果科学而客观地去寻找一位在深度策略桌游范畴可以与男性匹敌的女性代表，那么没有比身处冷峻的围棋界的这位偶像更合适的人选了。爱好围棋的黑嘉嘉一路走来也许没有想到自己的存在还代表着什么——她先是棋手，再是偶像，剥去人们审美的那一层需求，她依然可以靠实力在自己如今的位置上生存；她先是女性，再成为七段，在公平的游戏规则与晋升机制下，她证明了一个男性明显占优势的竞技领域，女性也可以发挥自身的特质博得一席之地。“我希望以我自身的例子，带动更多女生来学习围棋，让女性职业围棋选手越来越多。虽然男性天生头脑构造有一定优势，但在网络与人工智能技术越来越发达的今天，女性也可以获得更多公平的锻炼提升棋力的机会，所以性别的差异在未来围棋界一定会进一步缩小。”

在这个绝对的黑白之境，黑嘉嘉不是第一位也不会是最后一位取得骄人战绩的棋士，但是在这个时代的这个节点上，这位发光的优质偶像，却有着许多不凡的意义。

「就算有一天我不做职业棋士了，不再去参加比赛，我也会和朋友们约着在网上下棋。围棋是我一辈子的好友，你不可能离开自己的朋友。」

因为结婚生子而放弃自己的爱好，因为有了伴侣而被限制了游戏社交，你觉得性别歧视真的距离我们的生活很遥远吗？「这个游戏适合你」是这个时代新版的「女子无才便是德」，那些规则简单、包装美观的游戏也成了男性推荐给伴侣消磨时间的最好的「糖衣炮弹」。若非经过一番实验、调研、数据总结，我们也许真的不了解女性的游戏心理与游戏习惯，推荐「你以为她们会喜欢」的游戏是否真的合适？游戏作为最易于接受的生活爱好，也许是男性开始去尝试了解女性最好的切入点。

了解女性到底喜欢什么游戏也是了解女性的途径。

为女性玩家提供更多的游戏信息与更大的选择范围，我们便会知道其实她们的游戏心理并非男性之前所理解的那样。

100 GIRLS

experiment!!

一百位女性的桌游现场

一场关于“女性玩家游戏习惯”的观察实验

TEXT / 忘川

为什么女性桌游玩家数量相对男性会少许多？是因为规则复杂难以上手？不喜欢与男性一起玩游戏的竞争气氛？还是桌游的社交属性让有伴侣的女性爱好受限……

这是一场实验，它既是面向女性的“新手入门局”，也是对外界“固有印象”的检验——我们决定只提供场地、游戏和适当的现场教学援助，将这个场子完全交给前来参加活动的女孩们，不做太多限制，只在过程中从旁观察。最后，我们会在现场投放一份问卷，询问她们的感受。

实验准备

由于活动明确面向的是那些对桌游了解不深的人，因此在一切开始前，最先需要确定的是游戏阵容，我们根据此前走访的二十几位玩家的反馈，以及长期在活动中积累的经验，确定了如下的“选材”标准。

□ 秀色可餐

首先自然要有“秀色可餐”的游戏，盒子要够大，封面美术要足够亮眼——当现场一口气陈列了七八十款游戏时，若无人引导，不晓得哪几款游戏更容易被一眼相中。在这个主打卖相的列表里，我们加入了《展翅翱翔》《东海道》《御竹园》等游戏。

□ 简单易学

接下来，需要有一些规则好读、易上手、耗时短、方便大家激烈争论的“小菜”——我们想知道若后半程无人帮忙讲解，会不会有人自发研读规则，最终又能不能顺利完成游戏。在这个列表里的有《画物语》《谍报风云》《行动代号》《独家暗语》《说梦人》《猜心俱乐部》等聚会游戏，主题性较强的《暑假日记》《骇浪求生》也位列其中。

□ 质感十足

再来，我们需要一些拼图、画画，或是需要一点动手能力的游戏——能拿在手里把玩、触感良好的配件会不会成为加分项呢？这里不能缺席的自然有《卡卡颂》《花砖物语》《圣托里尼》《璀璨宝石》《乌邦果 3D》《多米诺女王》《熊熊公园》《妙笔神猜》等游戏。同时，我们还带了用充气棒槌和锅盖进行即时“攻防”的《打光 94 狂》，以及主题看起来似乎很“冷硬”的《碰撞机器人》——毕竟很难预测所有人的喜好和口味。

□ 轻度策略

我们当然也需要有一些带策略性的游戏，比如《卡坦岛》《石器时代》《铁路环游》《四季物语》《马可 · 波罗》《村庄》——其中有几款当年曾引领不少人入坑，我们很好奇它们在当下是否仍能发挥这种功能。

□ 双人游戏

最后，考虑到会不会有不想和陌生人拼桌、只想和好友一起玩的人，我们准备了几款双人游戏，类似《拼布艺术》《花见小路》《斋普尔》这种。我们不鼓励“自闭”，但是也得给部分人保留“自闭”的权利。

STAFF MEMBER

实验人员

○ 观察人员

为了方便从旁观察一切，同时又让她们感到舒适自在，我们临时决定，让观察员在现场化身为一头不能说话的“熊”。

○ 讲解人员

我们找来了两位负责游戏讲解的女性志愿者，当玩家不想阅读规则或者有疑惑的时候，可以提供必要的协助。

○ 核心玩家

虽然活动面向路人，但是我们依然需要个别女性核心玩家进入其中带动气氛，并为活动前期提供必要的宣传。

PREPARATION

实验现场

签到处

来玩桌游的女孩子们是陆续到场的，不少是“一个人”，少数是“一群人”。其中有 3 位女性入场时，陪同前来的男朋友会在门口往里探看，确认无碍后才独自离去。在后来回收的问卷里，其中一位女孩留言说，她无法评价“纯女性局”的体验相比一般桌游局是更好还是更坏——尽管她很喜欢桌游，但她“没有参加过男女混合局”，因为“另一半会介意其他异性，为了迁就对方的感受”。这个出乎意料的答案也从侧面印证了，在多数人的既有印象里，“会玩桌游的都是男性”。

桌游陈列台

从签到处进场后，正前方就是琳琅满目的桌游陈列台。除了类似《璀璨宝石》这样的热门桌游，早就有一同前来的几位女性取走，并熟稔地摆开阵势外，对于不熟悉的游戏，“大盒装”“封面亮眼”的确更容易引起女孩们的注意，《卡坦岛》《铁路环游》《展翅翱翔》《东海道》等都被频繁拿起。

如果对某款游戏的画风“一见钟情”，女孩们会更关心游戏的类型以及支持的游戏人数，之后，素不相识的她们会基于对不同游戏的兴趣，自然地完成分桌的步骤。晚来的人也都会尝试询问能否加入别人的游戏中。

桌游讲解员

女孩们在桌游局最需要的帮助，一个是怎么挑游戏，一个是有人讲规则，承担这两项工作的就是桌游讲解员。这次来的讲解员暮暮，也是第一次碰到全是女性的桌游局，而来的第一批女孩子就想玩《仙境幽谷》这样国内较有话题度的游戏——现在的女性玩家也在追逐口碑不错的新游戏，游戏热情并不比男性玩家差。因此就实际情况来看，推荐游戏其实不太需要考虑性别因素，而是优先确认游戏人数和玩家需求。找准需求，就可以有效避免玩家玩一半“掀桌”的情形。

PRELIMINARY PREPARATION

TEXT / Vincent

试着“自己来”的玩家

最早开的几桌在游戏过程中遇到问题后，其中的一些女孩开始查阅规则书，自行尝试解决。玩《多米诺女王》的那桌，在游戏是德文版、未配套英文规则书的情况下，自己上网查询了具体板块的计分规则——后来她们开的3款游戏，规则书都是自己研究，再没寻求过讲解员的帮助。同样的情况也出现在隔壁桌。在接连玩过两款聚会游戏后，有3个女孩自己独立出来，开启了《东海道》的豪华版，全程自理，欢声笑语——临走时，她们特意向我们咨询，哪里可以买到这款游戏。

以桌游为载体的社交场合

在每局桌游结束，有人去洗手间的空当，女孩们会一边拾掇散乱着游戏配件的桌面，一边回味游戏过程中体验爆棚的瞬间，顺带聊起彼此的生活、工作或课业，最后“理所当然”地交换了联络方式——在有男性在场的桌游局里，你很少看到这么自然流畅的“扫码加好友”过程。散场后，素昧平生的她们成群结队离去，不少人更是相约一起去吃晚饭。后来在场有近20个人，都加入了在场一位资深组局者所创建的女性玩家群。

好评游戏

秀色可餐

展翅翱翔

犹如“鸟类图鉴”般的惊艳美术表现，让不少人都被封面上那只舒展的“剪尾王霸鹟”深深吸引。游戏对萌新而言略显复杂，但有资深组局者在现场帮忙讲解，还是让跃跃欲试的女性参与了进来。尽管在前期大家都有点不得要领，但当游戏随着饲育的鸟类增多而滚动起来，“引擎构筑”类游戏的乐趣慢慢浮现，待到游戏结束，大家的评价已经从“玩不懂”转化为“有意思”。就我们的观察，游戏的美术设计和那一颗颗手感圆润的“鸟蛋”，或许还真是她们愿意耐着性子继续体验的原因。

东海道

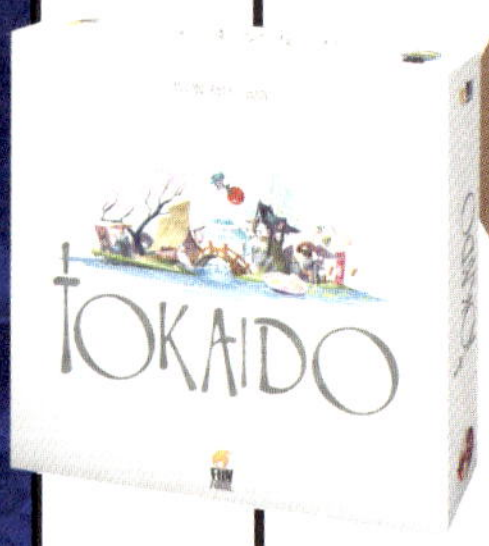

这款主题就是在日本一路逛吃、泡温泉、收集伴手礼的旅行游戏，光靠封面就轻松击中了现场好几位女孩子的萌点，加上我们带到现场的还是包含了人物模型的豪华版，于是游戏的整体观感又有所提升。这种吸引力强到她们不仅自己研究规则，进行游戏设置，从头玩到了最后，还动了买一盒回家的念头。事实证明，只要游戏的美术设计做得好，对女性的吸引力也可以转化为购买力。

轻度策略类

尽管 1995 年推出的《卡坦岛》和 2004 年推出的《铁路环游》，在某些老玩家看来已经廉颇老矣，但这并不妨碍它们在萌新之中存在的光环。现场不仅很多没怎么接触过桌游的女性都提起过它们，还有不玩别的，专门等着玩这两款游戏的女孩。这也是现场极少数曾在几张桌子间流转，被好几拨人打开来玩过的游戏。或许这就是经典老游戏的魅力吧。

卡坦岛

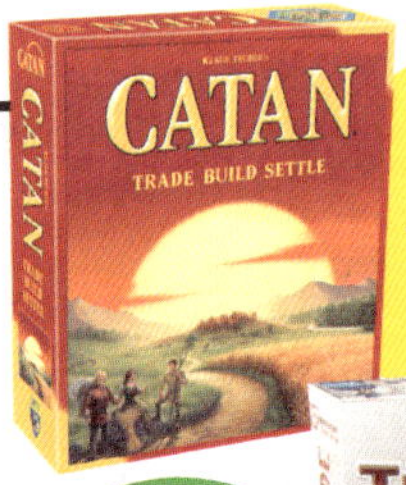

铁路环游

简单易学类

说梦人

猜心俱乐部

活动当天有这么一桌，因为人数太多，一直在开聚会游戏，从《谍报风云》《猪事议会》《画物语》《俄罗斯娃娃》到《打光 94 狂》……然而在最终推荐当天最喜欢的游戏时，这一桌有 5 个人都投给了《说梦人》。作为猜词游戏，游戏多了一个充满仪式感的动作——用眼罩蒙上双眼。在场的人会轮流用语言向被蒙住双眼的人描述面前的一张牌，有人想引导你，有人想阻碍你，而看不见的人必须设法排除干扰信息，猜对那张卡上的内容。

而另一组全程自己研读规则的女性，则把 5 票全投给了《猜心俱乐部》，她们此前互不相识——我们见证了她们在玩完这款游戏后交换微信的全过程。当隔壁桌已经轮换了两款游戏，她们依然在《猜心俱乐部》里没出去。同样是猜测类，面对这样一款“答案全部自己编，猜对完全靠默契”的游戏，我相信一定得心有灵犀到某种地步，才会让她们愿意发展出桌游局以外的友谊。

质感十足组

双人游戏组

很遗憾，这两个类别的游戏在这次活动中被“团灭”，基本都没得到多少票数支持。类似《花砖物语》这样口碑颇佳的推新游戏，也因为有人嫌节奏太慢、太过抽象，给了“不推荐”的评分，平白拉低了推荐的票数。而在双人游戏组，我原本以为会有的“自闭”玩家没有出现，最低“自闭”人数——也就是个别完全不带陌生人玩的女性组，保底也有 4 人。这至少说明，在这样一个彼此陌生的环境下，桌游自带的规则及其带来的乐趣，的确有效降低了人与人之间最初的沟通与理解成本。

实验结果

其实很多女性对桌游感兴趣

很多女性可能从未有接触桌游的机会，可能玩过一两次就浅尝辄止，也可能因为初次游戏的感受不佳而被劝退。本次参加活动的女性中，有些此前的确完全没接触过现代桌游，在“第一次让你觉得‘咦？桌游很有意思嘛！’的游戏是？”一栏，她们填写的多是当天在现场所玩到的游戏。对于部分一口气玩了四五款游戏的女性来说，问她哪款游戏好玩或许能脱口而出，要选一款“觉得一般的游戏”却很困难——第一次接触，玩啥她们都觉得“还不错”。这背后折射的问题是，很多女性不是不爱玩，而是压根没有好的机会让她们接触到这些游戏。

推荐游戏时她们最在意的三个因素

通过调研我们已经知道，当天玩到的游戏中，哪一款她们更想推荐给亲友。而基于对“推荐理由”的总结，我们发现对新玩家而言，“可以对话，互动性比较好”（37%）、“规则简单好学”（47%）和“过程很欢乐，可以不在意输赢”（65%）是她们最在意的三个因素。“最不喜欢哪款游戏”的选项中，一款游戏被她们讨厌的最主要因素是“规则过于简单，太无聊”。所以，别再盲目地向女性推荐完全不用过脑子，或是太儿童向的游戏了。

来是出于对桌游的兴趣，但也有近半数人认为和同性玩体验更好

从现场调研的问卷中我们发现，女性来参加“女性局”的理由，只有 10% 的人是因为“和同性玩更自在”，77% 的女性都是“单纯被桌游活动本身吸引，和人群并无关系”。有意思的是，在活动结束后，有近一半的人认为女性局体验和男女混合局差不多，但也有近一半的人认为“纯女性局的体验更好”。她们给出的理由诸如“男生很凶，更在意输赢”“男性话语权更多”，觉得和女性一起玩“可以多说话”“有话题”“互动更加有趣，没有多余顾虑”。

女性入坑的方式主要是“朋友带朋友”

在问到“第一次带你玩桌游的人是谁”这个问题时，65% 的人选择了“朋友”，15% 的人选择了“陌生人”，只有 5% 的人是通过“另一半”——目前“朋友带朋友”仍然是女性接触桌游的主要途径，这符合之前我们采访一些资深组局者时所获得的信息。另外，新玩家在游戏中的体验往往取决于一起玩的人，在桌游局上，女性会更明显地偏向让自己感觉舒服的人。

STAFF MEMBER

我们常见一种来自男性的误解就是把“玩游戏的女孩子少”与“女玩家水平不行”画等号，默认她们玩不好太复杂、竞技性太强的游戏，或是干脆认为她们对这类型的游戏不感兴趣，之后想当然地为女性选择“适合她们的游戏”。但是拿“没怎么玩过游戏”的她们，去和“游戏玩得多、知道该怎么玩，于是上手很快”的男性比较，是欠缺公平性的。因此，我们做纯女性桌游局的第一个目的就是想了解，女性在自助、自主的局面下，更喜欢玩什么样的游戏。

那么，女性局到底有存在的意义吗？

另外基于调查问卷，我们可以得知，在一个多由男性主导、参与者又多为陌生男性的游戏环境里，的确有部分女性会因为不自在而变得不太能融入，而且也不是所有男性玩家都会对女性表示欢迎。所以“女性局”存在的另一个意义就是隔绝那些外界因素，让女性有自由沟通、坦承好恶的空间。

近年来国内外有不少组织或个人尝试举办“纯女性局”，试图隔绝让女性不舒服的因素，创造一个更“纯粹”的游戏环境，让她们感受到桌游的乐趣——包括那些想玩桌游，但却不擅长和异性打交道的女性。当然，对于那些因为有了伴侣而被限制游戏社交的女性而言，“女性局”也是一个解决方式——但是这真的好吗？

Ⅰ 男性玩桌游的主要动机

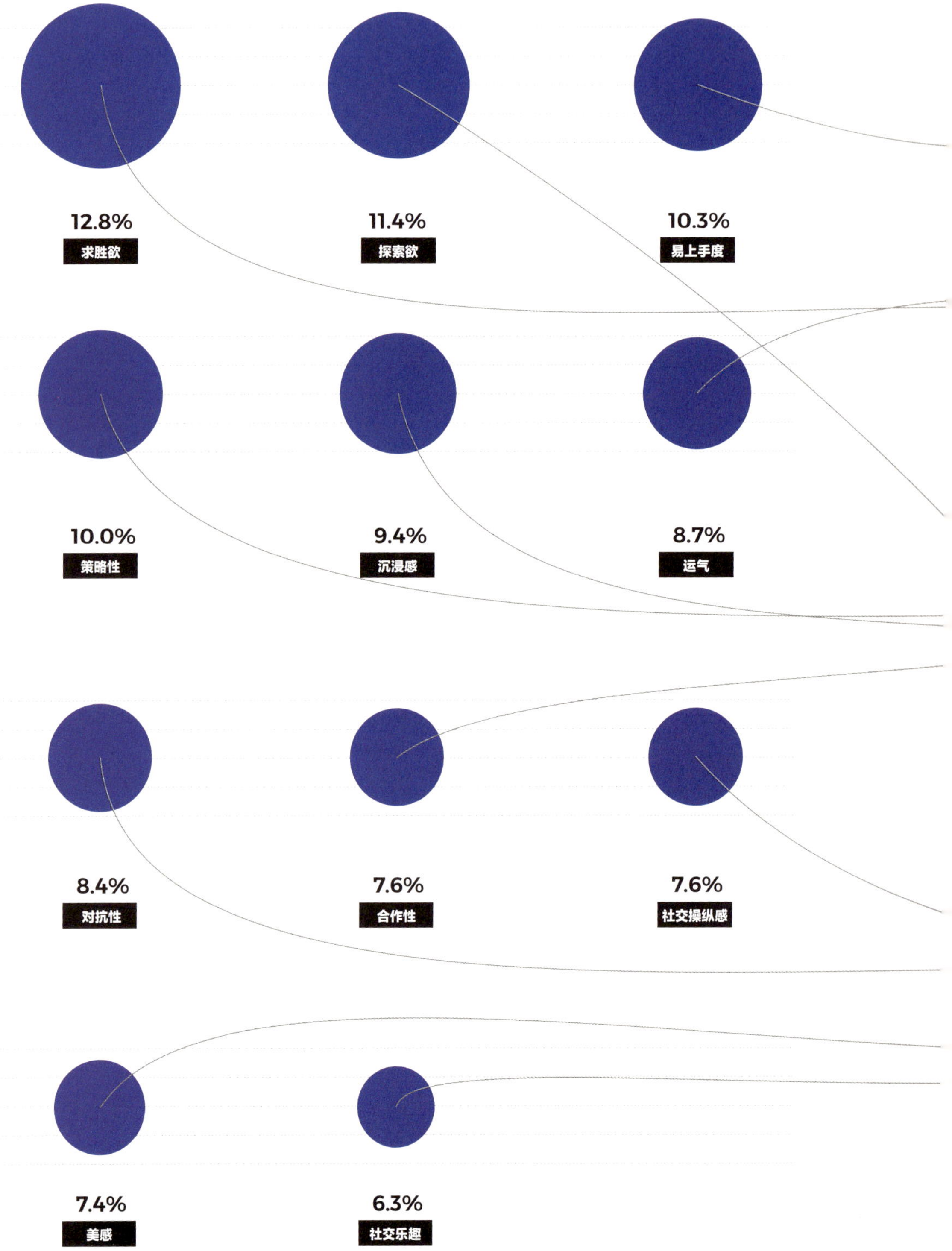

85% 男性玩家占比

Ⅱ 女性玩桌游的主要动机

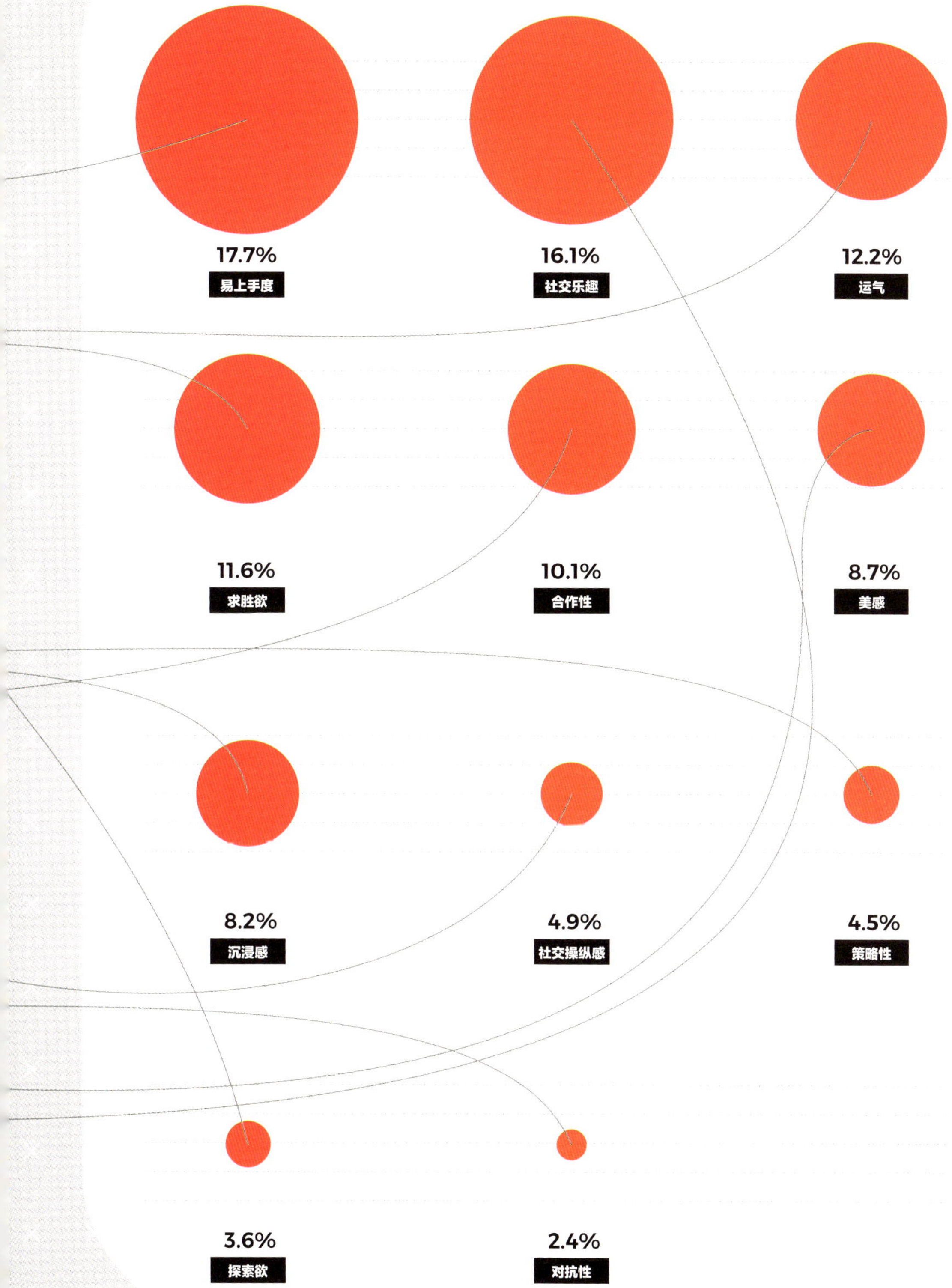

女性玩家占比**15%**

Ⅲ 如果可以选择，你更倾向于玩哪种游戏？

▲=男生
▲=女生

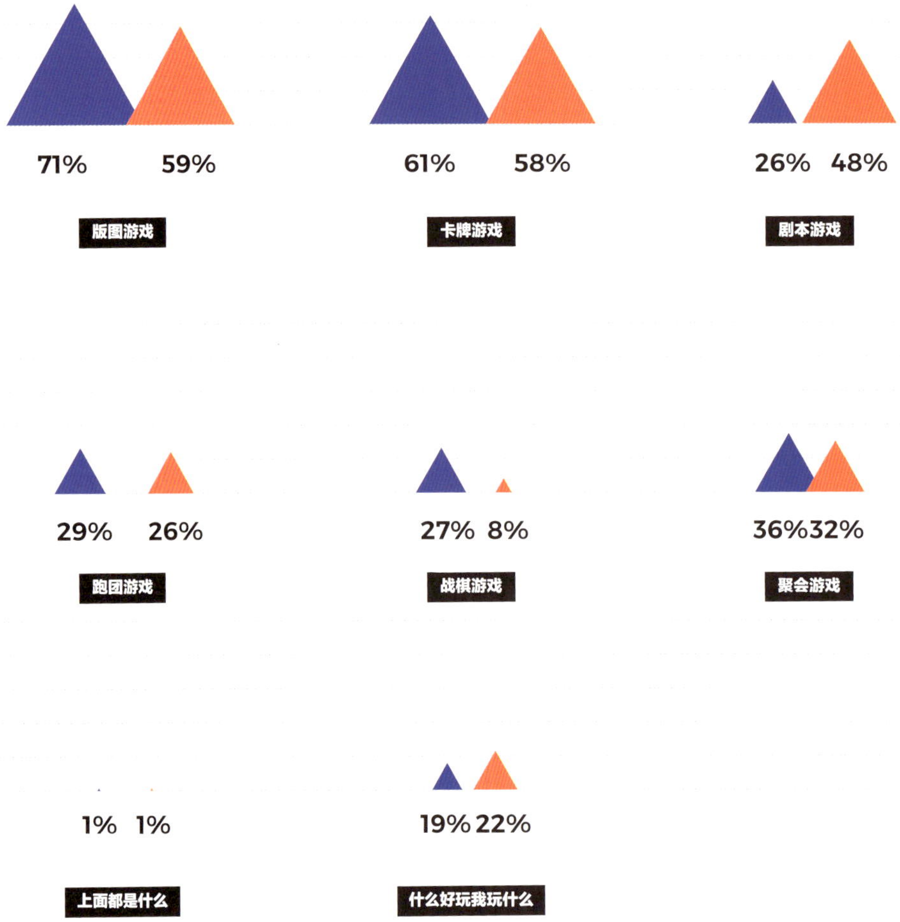

Ⅳ 参加桌游局，你更偏重“游戏”还是“社交”？

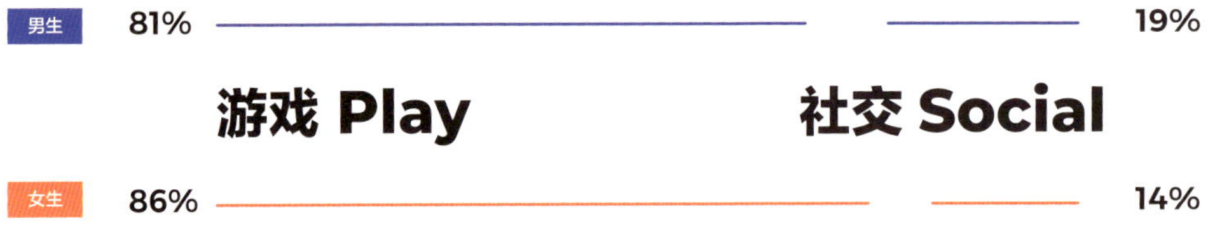

Ⓥ 会看桌游规则书吗？

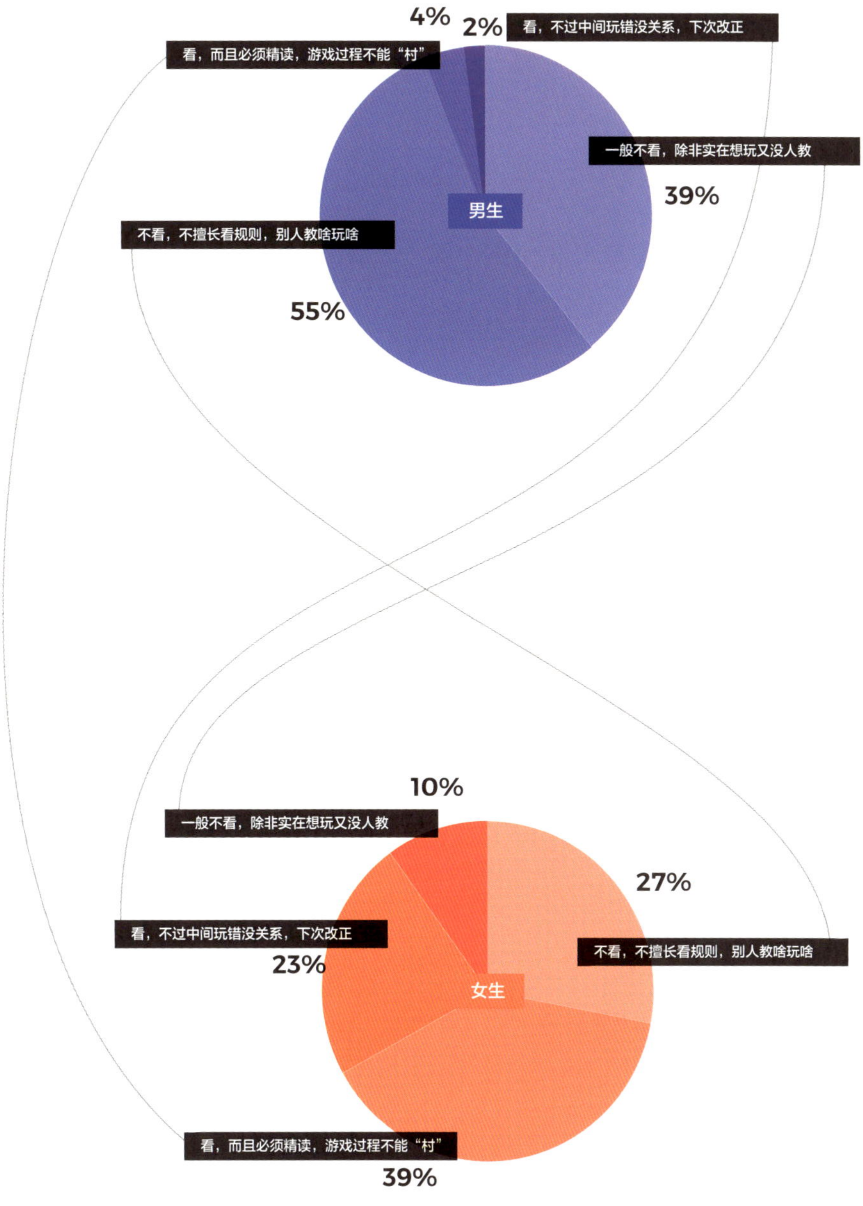
4%
2%
看，不过中间玩错没关系，下次改正
看，而且必须精读，游戏过程不能“村”
一般不看，除非实在想玩又没人教
39%
男生
不看，不擅长看规则，别人教啥玩啥
55%
10%
一般不看，除非实在想玩又没人教
27%
看，不过中间玩错没关系，下次改正
不看，不擅长看规则，别人教啥玩啥
23%
女生
看，而且必须精读，游戏过程不能“村”
39%

Ⅵ 你购买一款游戏时，首先考虑什么

■=男生
■=女生

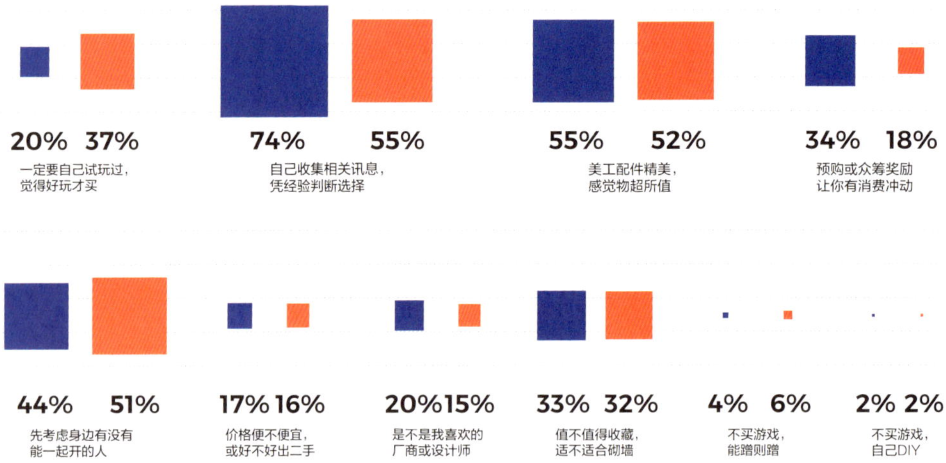

Ⅶ 你玩游戏时，更看重哪些方面

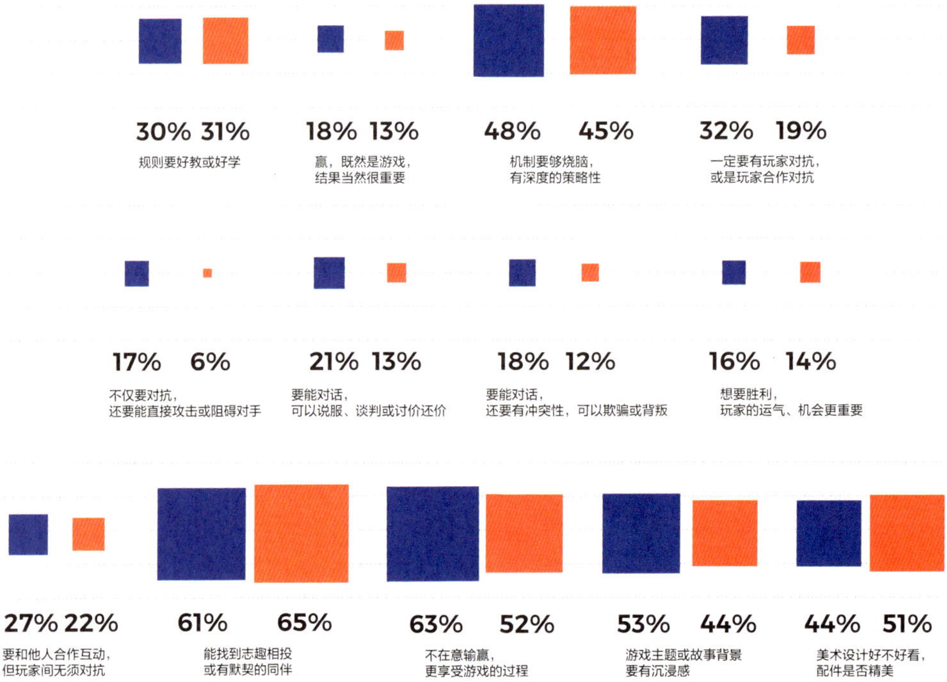

Ⅷ 如果可以选择，你更倾向于参加都是同性的桌游局吗？

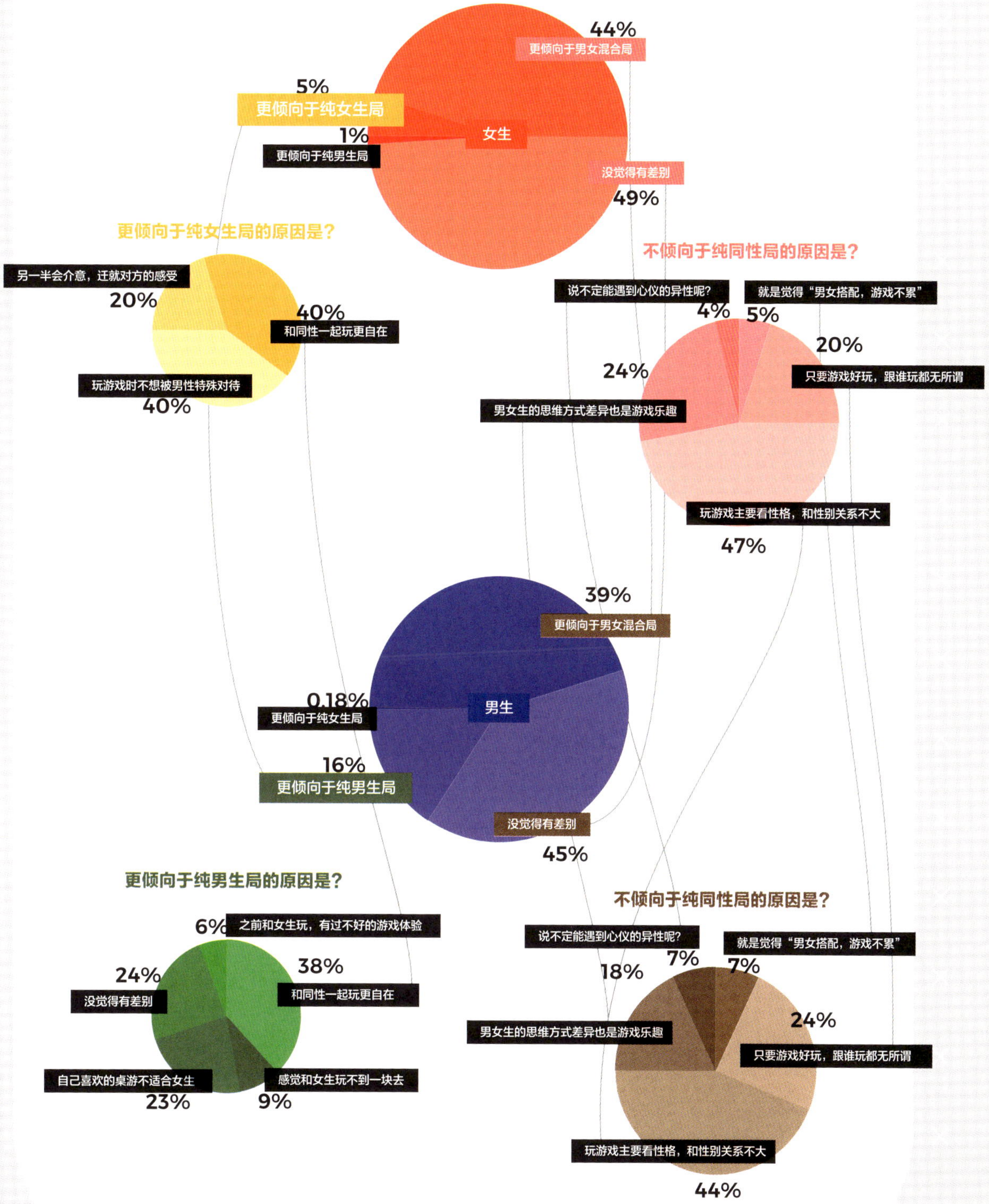

在中国，她成为一名玩家

TEXT / 忘川

首先是“玩家”，然后才是“女性”。
这本应成为一种常识，然而现实是……

有个词叫“冯唐金线”，出处是冯唐的文章《大是》。他在里面写道：“文学的标准的确很难量化，但是文学的确有一条金线，一部作品达到了就是达到了，没达到就是没达到。”

“在他们眼里，他们玩儿的东西也有一条‘金线’。”

说这话的人是五五五。彼时，她正跟我叙述自己第一次进战锤实体店的经历。这里说的“战锤”，是款发展多年的老牌战棋游戏，基本只有男人玩，玩模型涂装，玩沙盘推演，挺烧钱。她形容自己进去，就像“女澡堂突然闯进了个西装革履的男人”。

“单身去，他们会不接受你，觉得带女人麻烦；跟某个男性一起去，他们又觉得是哥们儿带来的妞，跟她多说话不合适。他们不觉得你会玩，不觉得你能跨过那条金线。你很难融入进去。”五五五没想融入进去。在她自己的圈里，有人叫她“五爷”，有人叫她“方太”——因为她先生姓“方”。她不喜欢这个称呼。“谁谁谁的女友，谁谁谁的太太，说得我好像是我先生的附属似的。”

1

五五五的圈子玩万智牌，这是种“集换式卡牌游戏”，女孩子里玩的人不多[1]。在投入万智牌的怀抱前，五五五就已经是“魔兽世界卡牌”的拥趸。“这类游戏有门槛，得去牌店，得有人手把手教，没有人带是很难入坑的。”

把五五五带入坑的是她自己。2009 年她与人合伙开桌游店，顾客组局人不够时会凑个数。她的字典里没有“让”字，经常赢客人，把自己当作那座“等待客人翻越的高山”，赢着赢着终于没有客人了，店铺就此关张。她自个儿从“店家”变“玩家”，在魔兽卡牌的坑底躺平。说起为啥喜欢这类游戏，她回想起自己小的时候，3 岁那年，爸妈带她去体验舞蹈、绘画之类的兴趣班。“当时我就喜欢比赛，喜欢赢，不肯屈居人后，碰巧这几个项目里，国际象棋是唯一有直接对抗机制的[2]。”

女性牌手的确少，不管是玩魔兽的，还是玩万智的。五五五加过一个万智牌女牌手地区群。要加入得语音私聊，确定你是女性才让进；也不要求你技术多强，只要对打牌感兴趣，纯萌新也行。可建群 6 年，该群累计录得女性 32 人，除掉云玩家、一时兴起的和裁判，真正在打牌的不超过 5 个。现在这个群已沉寂多时，上次有人说话是两年前。这个“地区”是“亚太地区”。

[1] 38%

万智牌首席设计师马克·罗斯沃特（Mark Rosewater）曾在 2015 年回应说，基于威世智公司所做的市场调查，目前全球的鹏洛客（对万智牌玩家的称呼）中有 38% 为女性。然而，在近年的各种专业赛事中，女性选手远达不到这个比例，至于像国内这种活跃玩家数量不过数万的环境，女性玩家更为稀缺。

15% [2]

截至 2019 年 7 月，被国际棋联（FIDE）所认证的 1643 位国际特级大师中，只有 37 位是女性；截至 2018 年 11 月国际棋联的统计数据，活跃的国际象棋玩家中只有 15% 是女性；国际象棋世界冠军对抗赛，也专门划分了不限性别组和女性组——尽管女子国际象棋比赛存在的意义，是鼓励更多女性投入专门赛事中，但像朱迪特·波尔加（Judit Polgar）这样的顶级女性棋手，仍拒绝参加女子比赛，选择到不限性别的比赛中证明自己。

人少也就罢了，还总有人认为女性会享受“性别红利”。你出啥成绩，都是别人的功劳、别人的成全，赢了也是偶然。2012 年五五五去美国参加魔兽卡牌世冠赛，多数对手在发现她是来自第三世界国家的女孩后，流露出轻松甚至轻视的表情，美帝白胖大爷一边和她打牌，一边和身后的朋友侃大山；在国内赢了店级赛，外人觉得全是熟人捧场，是内定；在大型比赛上赢了对手，对手朋友的反应是：“你怎么连个女生都打不过！”

最令她介意的是 2013 年暗月马戏团上海站的晋级赛。在那个与会者上千、女性不足 10 人的会场，如果你不是裁判，也不是牌店店员，往往会被当成是来陪男人的“女友党”“太太党”。8 轮对局下来，当她好不容易拿下冠军，感觉自己拼尽全力，终于在那面无形的墙上凿开一道缺口，官方“成绩速报”猛地往墙上一盖，获奖用的名字是“方太”。指代的自然不是那个厨具品牌。

当时还没人能预见，魔兽卡牌会在 5 个月后毫无征兆地“倒掉”。作为国内“稀缺”的女牌手，这样的名次是空前的，这样的待遇也是绝后的。五五五意识到，**作为这个小众群体中的极少数，自己仍是那个被审视的对象**[3]。

那条“金线”还横在那儿。

2

五五五和爸妈不怎么交流，但五妈从来不催女儿生养。“她告诫我不要生孩子，因为育儿体验太差。这都怪我。”

五妈其实有过一次选择的机会。五爸五妈都是多子家庭里最小的孩子。在计划生育执行异常到位的天津，前面有堂姐四位，儿孙的念想全压在五爸五妈身上。而不想丢工作的话，五五五自然成了最后那一锤子买卖。五妈怀胎怀到孩子有了性征，家里就有亲戚来问，咱医院认识人，**要不要看看性别，不是男孩咱就不要。**[4]五妈是传统知识分子，思来想去没同意，等孩子生下来，五爸因为打击太大，愣是昏睡了整整三天。这事儿五妈没瞒她。“我一出生，就等于宣布本家‘绝户’了。”

或许出于对“儿子”的执念，五五五没受过女孩童年常有的那些规训，没人要她“文静”，没啥事儿“不可以”，更不需要她“让着”哪个男丁，妈妈给她芭比爸爸给她玩具枪，她自己上房揭瓦，成日和街坊的男孩们厮混，反倒和女孩玩不到一起去。

但没性别的儿童总会长成有性别的人。一上初中，生理激素一上来，人与人相处变得敏感，“一样不一样”忽然成为再紧要不过的事。五五五心理没跟上这转变，直到她打架渐渐打不过其他男孩，被玩伴拿来和其他女孩比较，甚至被欺负人的男孩呛声：“你一个女的，有你说话的份儿吗？”——童年的幕布

[3] **肥胖**

2018 年，23 岁的杰西卡·斯特芬（Jessica Estephan）与她的两位队友在悉尼赢得了万智牌大奖赛的冠军，这也让她成为 25 年来首位赢得万智牌大奖赛的女性。然而获胜后她在社交网络上却收到了大量诸如“肥胖”“丑陋”的人身攻击，不够漂亮的她被认为不配获得关注和胜利。

[4] **两非**

2002 年，国家计划生育委员会和卫计委曾联合发文，明令严打“两非”（非法鉴定胎儿性别和非法选择胎儿性别终止妊娠），然而过去十几年，根据世界经济论坛历年发布的《全球性别差距报告》，中国新生儿性别比一直都是全球倒数第一；国家统计局的数据表明，中国男性比女性人口要多出 3000 万以上。

在性别结构严重失衡的背后，是国内一些地方家庭，用“胎儿性别鉴定”的方法来决定一个孩子是否有资格出生，从 20 世纪 80 年代普及开来的 B 超技术，到近年粤港地区的“滴血验子”产业链——2015 年，浙江警方破获国内最大的“滴血验子”案，覆盖全国 30 多个省市，孕妇血样超过 5 万份，涉案金额超过 2 亿元；2019 年，深圳罗湖口岸海关在 12 岁跨境女童的书包里，发现了 142 支孕妇血样试管，这还只是被查获的案例。到底多少女胎因性别而被堕掉，无法统计。

被一把扯下，**将她和这些青春期男孩划分开的，是名为“性别”的金线**[5]。

“我偷了一个‘男孩’的童年，童年结束后，没有选择地被抛入一个‘女性’的人生。”五五五轻轻地说。

被指指点点，被讪笑低语……初中毕业后，她没有直升高中部而是换了学校，开始学着打扮自己，去“成为”更容易融入集体的模样。这个自我接受的过程固然痛苦，但五五五觉得造成她痛苦的不是爸妈的教育，而是“性别观念”。

“我觉得无论男孩女孩，喜欢玩芭比就可以玩芭比，愿意玩枪就玩枪，而不是被人说‘你是女孩不能爬树’‘你是男孩不能喜欢粉色’。不管父母的初衷如何，我感谢自己是被这样养育大的。”

可这种幸运也是相对的。开明如她的父母，也认为儿子才需要买房。“我妈很直白地跟我说过，女生不需要房子——即使是像我这样的‘幸存者’，也逃避不了性别观念的影响。”

跟五五五一起出生的城市女性多是独生子女，又生活在一个男女比例相对正常的环境里，她们的感受或许**并没有像某些“重男轻女”氛围严重的地区那么直观强调**[6]。但当五五五出于对万智牌的兴趣，进入一个异性几乎占绝对主导的环境中时，就会时刻被提醒自己的性别。不管是帮助、善待，还是矮化、歧视，她始终处于被人审视的位置。

她们要跨过的，不只是游戏水平的“金线”，还有性别壁垒的“金线”。

3

2019 年 11 月，中国牌手李晓萌在《炉石传说》特级大师赛全球总决赛中获得冠军。这是“炉石”国服出的第一位全球冠军，也是“炉石”电竞史上**第一位夺冠的女选手**[7]。在相关报道已经铺天盖地的情况下，已成为自由撰稿人的五五五去见了她。

“我对很多报道都不满意。似乎没有太多人关心这个成绩的含金量。要么把她符号化，贴上‘女世界冠军’的标签，要么采访时问的都是关于她男朋友的问题，比如你跟你男朋友是谁追的谁，什么时候见家长，会不会直播求婚……”

李晓萌获得冠军后，有人在微博写长文“劝”她退役，因为“你接着玩下去，你真实的、不好的水平就会暴露在所有人面前”。甚至有人在推特上说：“女生只有在《炉石传说》这种游戏上才可以夺冠。”但自己也打比赛的五五五很清楚，事实根本不是如此。

“她从入门到夺冠只用了两年，还没有哪个男性选手能达到这样的速度。而想去全球总决赛，得先打地区资格赛，她需要在数场专业赛获得足够的积分，才能拿到名额——国内只有两个人拿到了这个决

5 性别暴力

2006 年，联合国经济及社会理事会（ECOSOC）将“性别暴力”定义为：基于社会定义的两性差异，违背个人意愿，对其造成任何伤害的行为。其中除了针对性倾向的暴力（如同性恋），针对性别选择的暴力（如跨性别者、变性人），也包括针对性别气质的暴力。中国台湾一位名叫叶永鋕的 15 岁少年，因为性格、喜好不同于一般定义的“男孩”，被嘲笑为“娘娘腔”并遭遇一系列校园欺凌，最终不幸身亡。在叶妈妈的奔走之下，这一事件引发了广泛的社会讨论。

叶永鋕过世两年后，台湾当地通过了《性别平等教育法》，“教育部两性平等委员会”成立调查组，同时在中小学发起了“反性别暴力”的新校园运动，最终让当地教育往“性别多元教育”的方向迈出了一大步。

6 重男轻女

2015 年 8 月，澳大利亚东亚论坛刊登了一篇文章，题为《不要把中国男女比例失调归咎于独生子女政策》，文中认为重男轻女的诱因主要有四个，即“下地劳动”、“财产继承”、“祖先祭祀”和“养老保障”。

7 替补

在颁奖现场，李晓萌手捧奖杯数度哽咽：“我还记得两年多以前，我第一次参加炉石的比赛，当时得到了替补的资格，然后当我去替补的时候，因为名额已经不多了，就有一个男生对我喊：‘女生就不要来替补了！’——所以我想现在就是最好的证明。”

赛名额，她还是第一个。这毋庸置疑可以证明她的实力，可是没有人知道。”

五五五也并不认为她的夺冠只是纯粹的智力因素。“她高中时数学不好，高考模拟 150 分只能考四十几分。她听一个老师说，你只要把高中的所有数学卷子写 3 遍，你就会了。然后她真这么做了。抛去‘性别’，我并不认为多数人能努力到这种程度。”

她希望李晓萌作为一个真正的人被看到，希望她的努力被看到。

在五五五眼中，不仅游戏领域，**在现实社会中，女性也常常处于不被看见的位置**[8]。

“我们平常吃的药都有规定剂量，一直以来，成年的男性、女性吃的都是一样的药。可两性从标准体重、生理结构到激素水平都有很大差异，**为什么会吃统一剂量的药呢？**[9]”

而女性还面临着各种**生育风险**[10]。她身边的女性朋友因为急产，造成了严重的子宫脱垂，“基本上下半截这一套系统就全部坏掉了”。30 年前女性得乳腺炎，有种治法是豁开口子，把纱布塞进去，吸饱造成发炎的东西再抻出来——结果到现在，治法还是这一套。

“当我们可以用扫二维码解决生活中的大部分问题时，这给了我一种错觉，就是科技好发达，生活好便利。可当你面临疾病，哪怕你身为女性，占据世上近一半的人口，有时候也跟牲口没有什么区别。”

帮助她接纳自己并且走出来的，是后来遇见的那些女性。

“我有两个朋友，她们出生的地方都很‘厉害’，一个潮汕，一个山东。在这样男女观念严重不平等的地区，她们都过得很好，有自己的事业，有丈夫做后援。她们教会我很多，比如在相对弱势的情况下，怎么争取自己的权益；在面对实际的问题时，也让我看到了不一样的处理方式。是她们让我感觉到，女性可以很强大。”

而这或许是五五五此刻选择成为自由撰稿人的理由。

“我就要在这儿为女性发声，去写女性相关的报道，去传播一些思想和观念。我希望大家意识到，我们首先是人，然后才是女性。”

即便“金线”还横亘在那儿。

完

8 春蕾计划

1989 年我国第四次人口普查显示，当年有 480 万 7 至 14 岁的学龄儿童由于家庭贫困不能入学，其中女童占 83%——“重男轻女”的传统观念，让很多乡村女童被迫让出仅有的教育资源。为此，中国儿童少年基金会在这一年发起并实施了“春蕾计划”，旨在资助贫困地区的失辍学女童继续学业。

然而，2019 年 12 月，有捐助者发现，这项专门针对女童的慈善项目，在未告知捐助者的情形下，有近半名额被男童占用。春蕾计划的宣传文案“今天的女孩，是明天的母亲”也激怒了不少网友。有女性为此留言：“没有谁生下来就是为了当谁的母亲。”

9 服药剂量

2019 年 3 月，一项发表于国外杂志《大脑》（*Brain*）的研究表明，能产生持续性痛感的男女背根神经节神经元之间存在差异。1977 年，由于担心药物可能导致的出生缺陷，美国食品药品监督管理局就禁止育龄期的女性参与临床试验。而尽管现在的临床试验受试者包括男性与女性，但通常不会根据性别来报告，很多药物的制造也都是基于雄性动物，比如雄性幼鼠的实验结果——这意味着女性只能使用以男性作为基准来研发的药物。若得了类似偏头痛这样的慢性疼痛疾病，多数止痛药对女性都不管用。女性和雌性动物，直到最近才被纳入疼痛研究。

10 生与死

根据 2019 年发布的《我国卫生健康事业发展统计公报》，2018 年我国孕产妇的死亡率是 18.3/10 万，其中城市是 15.5/10 万，农村是 19.9/10 万。换言之，每有 5465 次生产，其中就有一位孕妇因此而死亡。西部地区孕产妇死亡率是东部地区的 2.3 倍。此外，由于二胎政策全面放开，目前中国高龄妊娠人数迅速增加，伴随而来的高龄孕产妇并发症也显著上升。目前我国孕产妇死亡原因前四位是：产科出血、羊水栓塞、妊娠合并心脏病及妊娠期高血压疾病。

DICE INTERVIEW

幸好，一路有桌游陪伴

Q&A

回过头去审视自己对桌游喜好的改变就像回忆这段时间里人生的经历，那年的我因什么而心动，过了这么多年，如今的我又会做出怎样的选择。

TEXT / 小霸王

筱曦

Q：第一次玩桌游是什么时候在什么契机之下？ A：在国外读书的时候，朋友拿了一个英文版的《卡坦岛》给我们玩，当时觉得里面的木质 token（指示物）特别可爱，所以印象很深。**Q：真正让你第一次产生“哇！桌游很有意思嘛！”的游戏是哪一款？** A：第一次让我对桌游产生兴趣的也是《卡坦岛》。这款游戏可以 6 个人一起玩，有互动、有交流，可以互相对话并和别人交易资源来完成自己的目标，特别有趣。**Q：你收藏桌游吗？遇到喜欢的桌游会买吗？家里有固定摆放桌游的位置吗？** A：我不会收藏桌游，但是遇到喜欢的还是会买。我老公喜欢收藏桌游，家里有固定摆放桌游的位置，因为买得太多以致最后开了一个桌游吧。**Q：如今玩桌游的频率（习惯）是什么样的？通常喜欢和家人朋友一起玩什么样的桌游？** A：玩桌游的频率大概是一周两三次，大部分时间会和老公测试新游戏，其余时间和朋友一起玩。我们其实什么游戏都玩，一般情况都是先玩轻策，再玩中策，最后以一个聚会类游戏收尾。**Q：你觉得你喜欢的桌游哪一点吸引了你？** A：桌游最吸引我的就是促进了人与人之间的交流和沟通，通常大家手里永远离不开的是手机，但是电子产品也同时带来了很多虚拟的东西，而桌游更真实。如果能找到几个和你口味差不多、喜欢相同游戏的人，那我想现实生活中他们也会成为你的朋友。桌游的乐趣会使你把手机放在一边，在玩完游戏之后会惊讶地发现时间已经过去了很久，这也许就是桌游的魅力。同时游戏精致的美工也会很吸引我，比如我最爱的《花砖物语》中的第一版，里面的棋子像极了瑞士糖，十分地可爱吸睛。

桃白白

Q：第一次玩桌游是什么时候在什么契机之下？ A：小学四年级的时候生了一场大病休学在家，有两个好朋友每天放学后会给我送笔记和作业，“顺便”一起玩游戏。自从爸爸给了我们一盒《大富翁》后，我们就都沉浸在争当“大富翁”的欢乐中。也许是因为友谊和游戏带来的快乐，我在半个学期后恢复了健康，重返课堂。**Q：真正让你第一次产生“哇！桌游很有意思嘛！”的游戏是哪一款？** A：《瘟疫危机：承传（第一季）》。这个游戏本来是四人游戏，但当时找不到那么多一起玩的人，所以我跟我男朋友就各自扮演两个角色，展开了这场解除瘟疫危机的大冒险。游戏沉浸感非常强烈，我已经入手第二季，期待再次展开我们的瘟疫危机之旅。**Q：你收藏桌游吗？遇到喜欢的桌游会买吗？家里有固定摆放桌游的位置吗？** A：当然会。遇到喜欢的游戏一定会毫不犹豫地买买买，如今我们已经收藏了几百款桌游，摆桌游的架子也在不断增多，从一个专门摆放桌游的书架变成了六个，估计还会继续增加。**Q：如今玩桌游的频率（习惯）是什么样的？通常喜欢和家人朋友一起玩什么样的桌游？** A：由于工作的关系，现在玩桌游的频率低了很多，即便这样每周也要抽时间跟朋友们玩一个下午。游戏选择上我是杂食动物，基本什么类型的都玩。朋友家人都没空时，我还会自己玩桌游应用程序。**Q：你觉得你喜欢的桌游哪一点吸引了你？** A：我觉得吸引我的桌游基本上有三个特点：第一是代入感强，与他人的互动性较好，有任务、有故事、有紧迫感都可以；第二是游戏的规则与主题融合得比较巧妙，比如《展翅翱翔》；第三是耐玩，比如经典的《璀璨宝石》，规则简单但很耐玩，反复重开也不觉得无聊。

KILL DOCTOR LUCKY
Seasons
The Godfather
CORLEONE'S EMPIRE
两河流域
行动代号
CONCORDIA VENUS
FOUNDERS
MARE NOSTRUM
Richard
JUNTA
FUTURE
PANDEMIC
LEGACY
Z-MAN games

Q：第一次玩桌游是什么时候什么契机之下？ A：2 年前，听一个好朋友说她的孩子玩益智桌游受益很大，于是我就让自己的孩子也去试试，玩的过程中发现了孩子的一些特点，比如专注力很差，但是观察力很强。后来我就经常让他玩益智桌游，发现他专注力等能力真的有很大的提高，他自己也很喜欢这种学习方式。**Q：真正让你第一次产生“哇！桌游很有意思嘛！”的游戏是哪一款？** A：是比利时的一款桌游《三只小猪》，游戏改编自同名童话故事。游戏的造型很可爱，规则也很简单，要求通过变换小猪和大灰狼在草坪上的位置给三只小猪盖房子，游戏从易到难共有 50 关，我儿子对这个游戏爱不释手。**Q：你收藏桌游吗？遇到喜欢的桌游会买吗？家里有固定摆放桌游的位置吗？** A：我自己就是开桌游俱乐部的，所以店里有近 600 款桌游，并且还在不断补充新品。我只要遇到喜欢的桌游，必会果断出手。在我自己家里的书房，也有一个专门的柜子摆放益智桌游，因为我要求孩子每次玩完后自己把游戏收回柜子里固定的地方。**Q：如今玩桌游的频率（习惯）是什么样的？通常喜欢和家人朋友一起玩什么样的桌游？** A：作为从业者，我每天都会接触桌游，一般是在研究新游戏，给工作人员做培训，或者陪我儿子玩桌游。通常我会根据家人或朋友的特点，选择不同类型的桌游一起玩，务必做到宾主尽欢。**Q：你觉得你喜欢的桌游哪一点吸引了你？** A：我认为是亲子互动。很多家长都和我一样，很想陪伴孩子，但过于简单的游戏提不起家长的兴趣。很多益智桌游的适用年龄跨度很大，家长和孩子都会玩得很尽兴。在陪孩子玩的过程中，家长能更了解自己的孩子，给孩子的关心和帮助也就更加有的放矢，亲子关系也会变得更融洽。

PRESCHOOL PUZZLE GAME
Three Little Piggies
Deluxe
SMART GAMES
Help the piggies hide from the wolf!
HABA
Bärenhunger
FLASHLIGHT

邹丹

Q：第一次玩桌游是什么时候在什么契机之下？ A：1999 年在朋友聚会上第一次接触桌游，当时玩的是《万智牌》。我身边有几个朋友非常喜欢玩这款游戏，所以有一年的时间，每次聚会都会一起玩万智牌。**Q：真正让你第一次产生“哇！桌游很有意思嘛！”的游戏是哪一款？** A：是《卡鲁巴》，游戏的设计风格以探险为背景，游戏目标是引导探险家走向神庙，在途中收集金币和钻石积分。这款游戏的规则比较简单，能和大家一起玩并分享快乐。规则虽然简单，但是非常锻炼逻辑思维、路径规划和策略，提升了游戏的可玩性和趣味性。**Q：你收藏桌游吗？遇到喜欢的桌游会买吗？家里有固定摆放桌游的位置吗？** A：自 2016 年接触起儿童桌游，只要遇到优秀的游戏都会采购回来进行收藏，目前收藏了超过 800 款桌游，比如《拉密》《卡坦岛》等经典游戏。我还把家中的珍藏全都拿到了店里，供大家一起享受游戏带来的快乐，同时在店内也收藏许多限量版本的桌游。**Q：如今，玩桌游的频率是怎样？通常和家人、朋友一起玩什么样的桌游？** A：经营了儿童桌游馆后，我每天的工作就是玩。每个人喜好不同，有喜欢策略类的，也有喜欢娱乐类的、表达类的等等，通过不同的游戏体验与这些玩家成了非常要好的朋友，我十分享受这个过程，感恩每一段相遇与缘分。**Q：你觉得你喜欢的桌游哪一点吸引了你？** A：我认为桌游最吸引我的一点是普适性。它没有那么高的门槛，老少皆宜。从综合的角度来说，丰富的桌游类型可以锻炼专注力、决策力、逻辑思维等综合能力；从社交角度来说，把玩家从虚拟的网络世界中拉回来，游戏过程中也增进了相互之间的感情。每个参与者都能沉浸在桌游带来的乐趣中，这就是桌游神奇的魅力。

李菲

Q：第一次玩桌游是什么时候在什么契机之下？ A：第一次玩桌游是在大学期间去台湾大同大学做交换生时的一门必修课上，老师带大家一起玩了桌游。**Q：你收藏桌游吗？遇到喜欢的桌游会买吗？家里有固定摆放桌游的位置吗？** A：我个人没有收藏桌游的习惯，但如果遇到很喜欢的或者觉得特别适合家人玩的还是会买，一般就是放在书架的固定一层。**Q：如今玩桌游的频率（习惯）是什么样的？通常喜欢和家人朋友一起玩什么样的桌游？** A：我基本每周都会玩桌游，大部分是工作原因，测试一些还未完成的游戏，或是一些需要改进的游戏。我喜欢玩抽象一点的游戏，或者欢乐主题掺杂一点策略的，规则最好不要太复杂。我喜欢的游戏里经典游戏居多。**Q：你觉得你喜欢的桌游哪一点吸引了你？** A：我比较注重桌游的可玩性和简洁度，不会过于无聊的玩法和不过分复杂的规则很重要，这样的桌游更容易让我在玩的时候感受到轻松欢乐。比如我最喜欢的桌游《快可思》（*QWIXX*），喜欢动脑的人可以开动大脑边算分边玩，而不喜欢动脑的人也可以靠掷骰子的运气找到属于自己的玩法，这个游戏规则简单上手快，但玩法和窍门却变化无穷。

曦曦
Qwixx
Qwirkle
Qwirkle
小白世纪
KOSMOS
TOBAGO

MYSTERY EXPRESS
Antoine Bauza
Serge Laget

雪伊

Q：第一次玩桌游是什么时候在什么契机之下？ A：偶然一次朋友聚会完，被朋友带去桌游吧玩了桌游。**Q：你收藏桌游吗？遇到喜欢的桌游会买吗？家里有固定摆放桌游的位置吗？** A：当然了。店里很多桌游其实都是因为我喜欢才买的。家里目前没有，毕竟开店，所以没什么必要放在家里，基本全都放在店里就好。**Q：真正让你第一次产生“哇！桌游很有意思嘛！”的游戏是哪一款？** A：是《三国杀》，我玩的第一款桌游就是《三国杀》。因为我本来就喜欢看《三国演义》，所以玩《三国杀》的时候就觉得人物非常亲切。当时差不多是 10 年前了，平时朋友聚会就是吃饭唱歌，第一次接触这种类型的聚会活动，就觉得很有意思。**Q：如今玩桌游的频率（习惯）是什么样的？通常喜欢和家人朋友一起玩什么样的桌游？** A：想开就开，没有特别的频率。跟朋友家人一般都是玩欢乐无脑的，类似《你画我猜》《只言片语》等等。**Q：你觉得你喜欢的桌游哪一点吸引了你？** A：我觉得桌游的题材和可玩性比较吸引我。我喜欢玩解谜类、分析类的，例如我最喜欢的一个桌游《神秘快车》。桌游在题材和类型上给玩家提供了许多选择，比方说，同样是狼人题材背景下，我可以选择不玩《狼人杀》，玩《一夜终极狼人》。我喜欢玩需要动脑的游戏，我不太喜欢玩靠运气的、靠谈判的。《狼人杀》在我看来就是一个纯靠聊的游戏，但是《一夜终极狼人》有逻辑链支撑，所以我会选择玩后者。当然同样类型的桌游我会选择好看的那个，但是我不会因为好看选择一款桌游。在我看来桌游是给朋友聚会专门提供了一个面对面的消遣方式，所以我并不喜欢跟不认识的人一起玩。

FUN

玩家为女性选择的 10 款游戏

结合参与调查的近千名女性玩家的推荐
以及长期推广桌游的经验，我们建议对桌游产生兴趣的你
不妨从这 10 款游戏入门。

TEXT / 忘川

BEST BOARD GAMES FOR YOU

10 谍报风云

在简体中文版更名前，游戏有个更为人熟知的名字：《截码战》。游戏中，玩家将分组对抗，利用己方阵营手中的密码板来“加密”，设法向自己的队友传递情报，并防止情报被敌方截获。如果我方情报传递失败两次，或是对方成功截获我方情报两次，则宣告对方胜利。

虽然听起来很高大上，但《谍报风云》本质上是以“情报战”为背景的猜词游戏：密码板上有4个关键词，分别对应4个数字；每一轮负责传递情报的人，都要抽一张随机的3位密码，并设法绕着弯描述对应的关键词，好让自己的队友猜中所有数字；难点在于，随着游戏进程推进，敌方也会因为我方描述而不断缩小猜测范围——如何不让对方猜中我方关键词，又不坑到自己的队友，就是游戏最大的玩点。

《谍报风云》目前在知名桌游评分网站桌游极客的聚会游戏里排名第二，也是现在国内最受欢迎的聚会游戏之一。如果你生活中恰好能凑到4或6人，一起玩的人又都是萌新，那么这款规则简明、全靠脑洞和对话的游戏非常值得尝试。

09 暑假日记

这是一款带领大家回到童年，重新经历暑假生活的主题游戏。在暑假开始时，摆在孩子们面前的是各种游乐活动：逛街、看电影、去动物园、游泳、露营……而同时每个人面前都有一道小学生必须跨过的坎，就是一整本厚厚的暑假作业。

整个游戏过程中，大家都要在“做作业”和“出去玩”之间不断抉择——一边是各种游乐活动能带来的得分奖励，另一边是作业没做完就会面临的高额扣分惩罚，最终在暑假结束时，能完美平衡课业和玩乐的玩家将获得最后的胜利。对了，每次和你一起出去玩的小伙伴，你还可以偷偷地给他一颗爱心，最后根据爱心多寡，会有额外的分数奖励。

作为一款纸笔游戏，《暑假日记》配套了铅笔和橡皮。玩家在算分纸上写下自己的名字，之后一点点用铅笔填涂生活、作业，偷偷画满递给别人的爱心……这个不多见的游戏主题，或许也是不少玩家推荐这款游戏的理由吧。

BEST BOARD GAMES FOR YOU

08 情书

这是一款只有 16 张牌的卡牌游戏。整个游戏的玩法非常简单：你手上永远只有一张牌，每一轮轮到你时，你必须抽一张牌然后打出一张，并立即结算打出那张牌的效果。最终，手上剩余那张牌数字最大的玩家获得一分。达到一定得分的玩家即获得胜利。

如果加上故事背景，整个过程就变成了：你写了一封情书，并拜托你手牌里的人物帮你转交给公主，而别的玩家都是你的情敌。整个抽牌、弃牌的过程，就是情书在不同人物手上流转的过程。只有当你手牌人物的数字最大，这个人物跟公主的关系最近，你的情书才能成功传递到公主手中。最终情书传递最多的人才有机会获得公主的爱——在某些版本里，这个公主似乎也可以是王子。

这款几句话能说清规则、玩一把用不了几分钟的游戏，最后却意外风靡——这样小而美、随拿随走的游戏，的确挺适合从未接触过桌游，甚至没怎么玩过卡牌游戏的玩家。

御竹园 07

如果要找一款美术、配件非常有吸引力的游戏，《御竹园》绝对是其中之一。

在这款游戏中，玩家将扮演宫廷管理员，在皇家竹园照顾并饲育从中国远道而来的国宝大熊猫。整个游戏的核心玩法就是扩地、育竹、喂熊猫，你要说它游戏机制上多出彩，其实也没有，但架不住设计和配件足够好看：圆滚滚的大熊猫模型、色彩缤纷的嫩竹节，每次开盒总能吸引不少萌新的眼球。

如果你身边的朋友喜欢大熊猫，或者碰巧都是视觉控，那么《御竹园》会有非常不错的推新效果。

06 行动代号

在桌游极客的聚会游戏榜上，《谍报风云》是第二，而《行动代号》就是那个第一，这也是一款以“间谍战”为背景的猜词游戏。

虽然同样是分组对抗，但和《谍报风云》各自有隐藏信息不同,《行动代号》是将词汇卡以“5×5”的形式直接排布在桌面上；两个阵营的队长一同持有唯一的密码板——密码板上详细记录了各自阵营“线人”的分布图，剩下的牌则代表“路人”和“杀手”；双方队长要轮流说出一条仅包含一个词的线索，并声明己方阵营有几个线人指向这个词——比如己方线人对应的词有“苹果”“柠檬”，你就可以说“水果，2”，帮助队友找到这些隐藏在人群里的己方线人；最终，率先找到所有己方线人的队伍获胜。

游戏的激烈之处在于，由于双方的“线人”都混合在一个面板上，如果队长给的线索容易混淆，我方极有可能翻到对方的“线人”卡，助对手获胜；更可怕的是，还有可能翻到全场只有一张的“杀手”牌——翻到“杀手牌”的阵营会直接失败。这让每一次猜词和翻牌，都变得紧张刺激。

尽管主题相似，但《行动代号》和《谍报风云》带给玩家的乐趣却不尽相同。大家可以根据对玩法的偏好，选择一款更适合和身边朋友玩的游戏。

大搜查 05

传统桌游往往“不插电”，但这种情形在近年来被慢慢打破——除了那些直接在各大平台推出电子版的桌游，还有一些桌游开始尝试在游戏进程中引入应用程序，甚至需要依赖应用程序才能顺利游戏——“大搜查”系列就是其中之一。

作为一款带有密室逃脱风格的解谜游戏，贩售的桌游套装里只提供了几套卡牌，每套卡牌对应一个剧本。玩家在下载“大搜查”的应用程序后，需要选择剧本，然后依照应用程序的指示找到对应编号的卡牌，通过查看图案、寻找线索、破解谜题来推进剧情。同样的剧本基于玩家的选择，还会有不同的路线分支。

对这样新形态的桌游褒贬不一，有人觉得它不像桌游，“一次性”的玩法还不如干脆做成纯粹的电子游戏；也有人认为这样的游戏体验非常独特，且“大搜查”系列的谜题设计和剧情的确可圈可点——不仅有不少玩家在这次问卷中的“推荐游戏”里选择了它，还有不少女性将它选为自己“年度最爱的游戏”。

如果你碰巧是这类游戏的爱好者，或是想和身边的朋友一起合作解谜，或许这款不太传统的桌游会带给你们比较新奇的体验。

BEST BOARD GAMES FOR YOU

04 卡坦岛

早年桌游刚在国内普及时，曾有入门“双卡”的说法，不少玩家是通过《卡卡颂》和《卡坦岛》才开始感受到桌游的魅力。都说今时不同往日，但在新游戏层出不穷的当下，即便新玩家已经有了更多选择，可问卷中依然有很多人推荐了《卡坦岛》这款经典游戏。而在女性玩家的“入坑游戏”这项统计中，《卡坦岛》也打败《三国杀》荣登第一。

游戏中，玩家将扮演大航海时代的拓荒者，在名为“卡坦”的小岛上扩张自己的文明。由于每一局的岛屿板块都是随机拼凑，每回合能获得的资源是通过骰子决定，又有“盗贼”出没来阻碍玩家，在规则简明易懂的前提下，游戏过程中充满了变数。玩家既可以当作传统策略游戏来玩，默默发展累积优势，也可以当作嘴炮游戏，要么挑拨离间干扰其他玩家的决定，要么通过谈判在贸易中为自己争取更大利益——总能找到一种适合你的玩法。

由于太受欢迎，《卡坦岛》的衍生版本无数，除了有各种不同国家、地区的“地理版”，还有《星际迷航》《权力的游戏》等热门影视作品的“主题版”。目前在市面流通的《卡坦岛：中国版》，同时包含了游戏的基础版内容和单独的中国版地图，感兴趣的玩家不妨借此体验这款游戏的魅力。

画物语 03

这款游戏的英文原名是“Dixit”，之前曾被译为“只言片语”和“妙语说书人”。在“看图说话”类型的桌游中，《画物语》无疑是最受欢迎且流传最广的。

游戏的核心玩法非常简单：每位玩家将从数十张“图画卡”中随机抽取6张；每一轮，玩家将轮流扮演“说书人”，用一个词、一句话、一段故事或一首歌来诠释手上某张图画卡的内容；之后在场所有人从手牌中选择一张非常接近本次描述的图画卡，和说书人的那张一起，牌面向下打出并洗匀；最后牌面全部亮出，除说书人以外的玩家，要基于描述找出真正属于说书人的那张牌。

游戏的乐趣在于，如果你是说书人，描述自己的牌时是不能太直白的——如果所有人都猜中，也算你输，你在描述时必须把握一个“不让所有人猜对，又不能全猜错”的度；如果你是猜谜人，你必须设法让自己的牌混淆视听，因为那些投错到你卡上的票，都是你的分数。

这意味着，游戏的过程就是一次大型的脑洞碰撞，而最妙不可言的是在游戏中和某个人“心灵相通”的瞬间所收获的那种“你懂我”的快乐。

02 璀璨宝石

如果说“双卡”是当年那批玩家的桌游启蒙，那么《璀璨宝石》大约就是近年来最强的“推新神器”——你很难想象一款规则用 5 分钟就能说清楚的游戏，推出 5 年来能一直保持着旺盛的热度和稳定的销量，甚至到现在还不断在举办专门的比赛。

游戏的核心规则非常简单。每回合你有 4 个行动可以选择：拿 3 个不同颜色的宝石；拿 2 个相同颜色的宝石，但只剩 3 个时你不能这么做；拿指定颜色、数量的宝石换场上的发展卡；暂存场上的某张发展卡，并获得一个能代替任何颜色宝石的“黄金”，但发展卡你最多只能存 3 张。有的发展卡提供分数，有的发展卡提供稳定的宝石产出，而你要做的就是不断拿取宝石，兑换发展卡累积分数和宝石，赢得“贵族”的青睐——“贵族”是达成指定目标后就能自动获得的分数卡。有玩家获得 15 分后，本轮结束时分数最高的玩家获胜。刨除细节，规则讲完。

规则简单，配件厚实，零文字量，高重开率……如果你想找一款带竞争元素的轻量游戏，来替代“斗地主”之类的常规家庭项目，《璀璨宝石》说不定还真是一个好选择。

01 花砖物语

这就是那款票数上获得压倒性优势的游戏。这款游戏的主题就是在 16 世纪的皇家宫廷为葡萄牙的曼努埃尔国王“贴瓷砖”，但铺设的是摩尔式建筑那种光亮釉彩的花砖。轻策的玩法搭配华丽的美术，加上“花砖”配件温润的手感，对于“颜值党”“配件党”而言，的确有莫大的吸引力。

游戏上市那一年它就拿下了很多桌游奖项，至今在桌游极客榜的“抽象游戏”类别中仍排名第一，在“家庭游戏”类也仅仅败给了2019年蹿红的《展翅翱翔》——那是另一款拥有绝佳美术表现的话题游戏。之后游戏又先后推出了两款机制有所不同但美术表现依然夺目的续作：贴完了埃武拉宫的花砖，《琉璃之光》又带领大家为曼努埃尔国王的辛特拉宫“贴琉璃”；到了系列第三作《夏日行宫》，花砖又变成了钻石菱片。或许由于难度上三作是不断递进的，后两作虽然也有人投票，但支持率没有第一作那么高。

不管怎么说，在每年都有海量桌游推出，国内接触新桌游也不像早年那么困难的当下，“花砖物语”系列能“杀出一条血路”，获得玩家大量票数的支持，一定有其原因。不知道它在你心目中是那款“你最想向身边女性推荐的、超棒的游戏”吗？

BEST BOARD GAMES FOR YOU

当鲍比·里格斯和比利·简·金走上网球场的那一刻并没有意识到他们会代表两个性别的较量被历史的时间线标注（图片来源：盖蒂图片社）。

从对立面的乐趣，到合作面的深意，桌面游戏利用特有的交互形式呈现了两性之间的思维差异，甚至营造了一个独特的沟通场景。无论双方是初次见面局促得无法破冰，还是相伴许久无法打破沟通的灰墙，一款合适的游戏、一个巧妙的机制设计，都可能带来解决问题的惊喜「疗效」，而且要比任何刻意而为的安排都来得易于接受。

游戏也在教我们如何去了解女性。

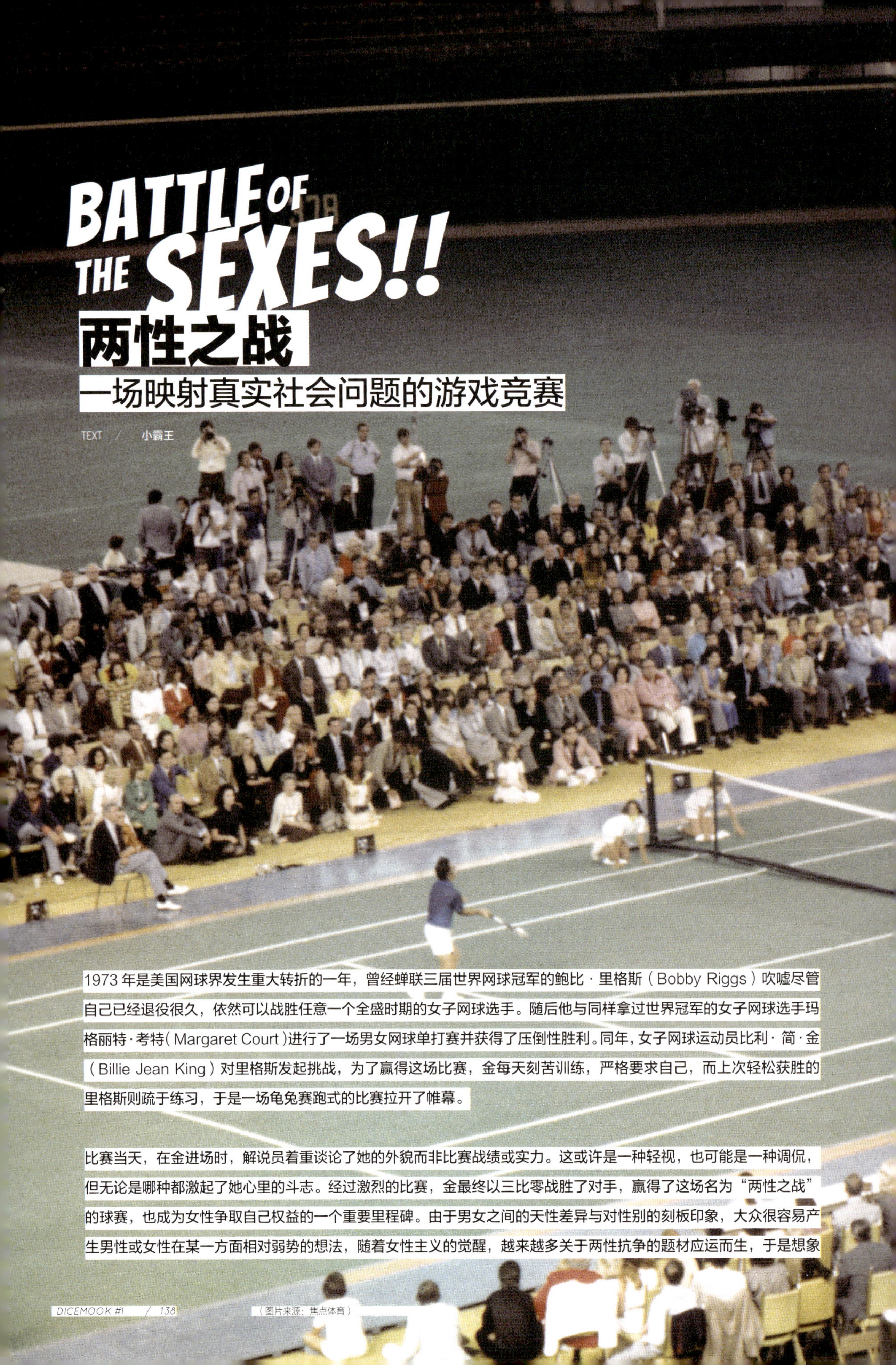

BATTLE OF THE SEXES!!

两性之战

一场映射真实社会问题的游戏竞赛

TEXT / 小霸王

1973 年是美国网球界发生重大转折的一年，曾经蝉联三届世界网球冠军的鲍比 · 里格斯（Bobby Riggs）吹嘘尽管自己已经退役很久，依然可以战胜任意一个全盛时期的女子网球选手。随后他与同样拿过世界冠军的女子网球选手玛格丽特 · 考特（Margaret Court）进行了一场男女网球单打赛并获得了压倒性胜利。同年，女子网球运动员比利 · 简 · 金（Billie Jean King）对里格斯发起挑战，为了赢得这场比赛，金每天刻苦训练，严格要求自己，而上次轻松获胜的里格斯则疏于练习，于是一场龟兔赛跑式的比赛拉开了帷幕。

比赛当天，在金进场时，解说员着重谈论了她的外貌而非比赛战绩或实力。这或许是一种轻视，也可能是一种调侃，但无论是哪种都激起了她心里的斗志。经过激烈的比赛，金最终以三比零战胜了对手，赢得了这场名为“两性之战”的球赛，也成为女性争取自己权益的一个重要里程碑。由于男女之间的天性差异与对性别的刻板印象，大众很容易产生男性或女性在某一方面相对弱势的想法，随着女性主义的觉醒，越来越多关于两性抗争的题材应运而生，于是想象

（图片来源：焦点体育）

娱乐公司推出了与“两性之战”这个历史事件同名的桌游。

桌游的形式为男性与女性两个队伍进行的对抗赛，十分有趣的是整个版面设计也很像网球场的样子，以中线为界划分男女方阵营。卡通画风营造出一种轻松开心的心情，斑斓的颜色也容易使人兴致高昂，十分适合用来在派对上排解无聊、调动气氛、制造话题。游戏的每个版本风格也大相径庭，有可爱风，也有简约风，甚至有辛普森特别版以供玩家按喜好选择或买来收藏。

这款游戏的规则十分简单易懂，双方轮流抽取卡片向对方提问，每答对一题则前进一格，每回合有三次答题机会，若答错回合将直接结束。当一方的棋子全部走到另一方的起点时获胜。若一方走到狂暴区域，则可抽取一张同性别狂暴卡，这会致使场上的局势发生很大变化，比如己方前进两格，对方后退两格之类的奖励与惩罚。还有一个类似飞行棋的经典

BATTLE OF THE SEXES!!

1

2

3

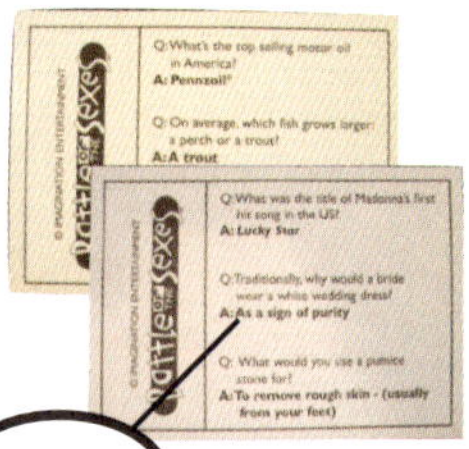

4

1.《两性之战》版图
2.《两性之战》第二版
3.《两性之战》男性 / 女性问题卡
4.《两性之战》辛普森联名版本
5.《男女别名大比拼》
6. 新版《两性之战》

5

6

（图片来源：桌游极客）

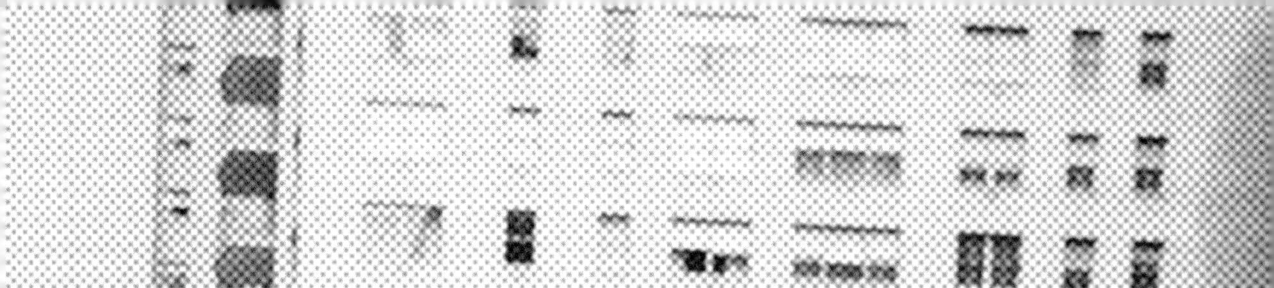

规则：当回合结束时，回答方棋子与提问方棋子同格，后者的棋子则将直接回到起点。总体来说这款游戏进攻方式并不单一，但由于套用的是经典规则，所以不会造成理解问题。

这款游戏的核心以及火爆的原因除了极易上手，还在于卡片上的问题。基础卡片分为女性与男性两种，女性提问卡上的问题类型对女性作答有极大优势，而男性可能涉猎极少，男性提问卡同理，总体来说模式比较像智力问答。例如，有张男性提问卡上的三个问题分别是：美国销量最好的车用机油品牌是什么？一般情况下是鲈鱼还是鲑鱼长得更大？在烹饪术语里，鲈鱼的类属名是双刺盖鲈属还是鲤科鱼？而女性卡上的问题则是：麦当娜在美国的第一首热卖单曲叫什么？为什么新娘一般都会穿白色的婚纱？浮石是用来干什么的？当然，为了避免提问者也回答不上来，每道题下面都附有标准答案。

不过正因为某些问题存在着双方都不了解的可能性，这款游戏还可以为玩家带来一定程度上的知识普及，以及能引起双方讨论的破冰环节。而难度很高的问题也巧妙地缓和了可能引发的情侣或夫妻间的矛盾，当大部分人都答错某一类型的问题时，玩家可能会更容易谅解自己的伴侣也对此不甚了解。犀利的问题类别也可以让大家直观地感受到男女之间的差异，尤其是某些对方认为是常识性的问题，而对自己却是天书一般的困惑。在日常生活中好奇心重的人会收获大量的各类知识从而获得胜利优势，这样一来也是在暗示大家时常怀有探究心理可以使人进步。这个游戏可以帮助玩家了解其他人感兴趣的方向，也许还可以在对抗游戏外结交有共鸣的新朋友，或者在沟通及学习新知识时感受到抛开性别不同性格的人求同存异的过程。若真实的夫妻作为玩家，游戏的过程与结果还可能会引发他们自省，思考是否彼此之间需要更多的沟通与相互理解。

《两性之战》以价格优势以及轻松娱乐的属性打开了市场，逐渐演变成了一款经典美式派对桌游，普及程度广到在沃尔玛这种随处可见的大型便利超市就可以轻松买到，还会有视频博主拿这款游戏做节目。但随着桌游设计和女性权益的发展，越来越多玩法新颖、内容深刻、做工精致的游戏面世，而由于女性权利被越来越多的国家所接受及普及，男女之间对不同领域的了解程度也随之提高，《两性之战》的话题度与可玩性相比之下并未做出过多的创新，拓展版本也表现得中规中矩，只改变了画风并增加了问题卡牌，而且每隔好几年才会更新一次。总体来看这款游戏还是在慢慢被大众市场湮没，很多官方渠道也已下架，但不得不说它依旧是历史上一款十分经典的桌游。

在《两性之战》的带领下，更多以生理性别来划分阵营的桌游面世。以畅销书《男人来自火星，女人来自金星》为创作灵感的同名桌游为例，这款游戏削弱了问题的难度，并且增加了选项使玩家可以更有方向地作答。除了团队之间的斗争，该游戏还拓展了双人版本，即增加了猜测彼此答案的玩法，除了考验了解度，还测试默契度。以《两性之战》为基础延伸出玩家对两性关系更多的思索：比起你是否了解对方的兴趣爱好，获悉对方的行为思考模式也很重要。顺着猜谜这个思路，另外一款异性团队对抗的游戏《男女别名大比拼》（*Women vs. Men Alias*）又提供了一种新的游戏玩法：抽卡者需向其余玩家解释得到的词语，而回答者则要从异性的角度来思考这个词究竟是什么，由此创立了一种快速使男女双方换位思考的引导模式。总体来看，区别于单纯地听演讲或看文章，这类型的桌游能够直观地让玩家感受到自己对异性知识的稀缺。

越来越多的设计师尝试在某一客观存在的现象级问题中融入自己的新想法，比起横向发展，游戏内核做得越来越有深度，在打发时间的同时汲取一些新的思索及知识，这也是值得现在的设计师思考与学习的一点。通过桌游这样一个更容易被大众接受的方式，设计师能否在娱乐性之上融入一些自己的社会责任感，例如通过引发话题度使更多人意识到特定问题；增加代入体验感来让玩家直观地感受到矛盾的所在；又或是引导玩家尝试、探索解决方案。诚然，除了桌游设计师，各行各业中希望改善人类社会的从业者们也都应当朝这个方向思考，比起眼前所获的利益，是否能长远进步的大格局才是全人类应该发展的方向。

请尽情品尝爱情中的酸甜苦辣

《爱情迷雾》
一款能帮你拨开迷雾见真心的游戏

TEXT / 小霸王

雅各布·雅斯科夫(Jacob Jaskov)在生活中遇到了一个问题，他十分热爱桌游而他的妻子对此丝毫没有兴趣。就像妻子不了解雅各布为什么痴迷于桌游一样，雅各布同样不了解妻子不喜欢桌游的理由——这样的分歧并不鲜见，若是追溯至封建时期，女性做什么、选择什么都是由男性为她们决定，即便步入文明社会，大多数国家的思想状态已经越来越开明，开始接受男女差异性，并且男性对女性单方面的掌控感已经消减了很多，但要想建立双方之间的完全理解，仍然是一个技术性难题。

雅各布并没有回避这个分歧，反而做出了自己的尝试，本着希望与爱人分享心爱之物，并增进彼此了解的心理，他与妻子探讨了他心中的疑问。原来，桌游的题材普遍为科幻风格，并非妻子感兴趣的题材。于是他决定为妻子创造一款女性也会喜爱的恋爱模拟主题桌游。

《爱情迷雾》（*Fog of Love*）是一款专门针对两个玩家设计的恋爱模拟游戏，可以选择一位男性玩家一位女性玩家、两位男性玩家，或两位女性玩家。玩家挑选出属于自己不同的性格后，在每个环节卡片的指示下做出自己的选择，当出现好或不好的突发事件时，双方可能会做出完全不同的选择，而这些选择影响了人物对这段感情的满意度，也引导了结局的走向。通过问答和交流，双方对彼此的了解程度会逐渐增加。而随着年龄的变化，视野及知识量的扩充，在一段时间后玩家重玩这款游戏时还可能会做出与当时不同的选择，由此见证双方的变化，直观地感受到在不足够了解对方与足够了解对方的两种情况下所带来的不同的爱情结局，是一款可玩性很高的游戏。

如果是真实的情侣或夫妻在玩这款游戏，那么会有更多的收获。由于恋爱模拟的突发事件参考了很多不同种类的素材，所以《爱情迷雾》不仅能帮玩家提前思考预防生活中可能遇到的突发事件，还能给玩家提供一个良好、平和、理智的环境，使他们有机会提前讨论或总结出一个双方都相对满意的沟通处理方式或结果，并从游戏中收获很多意想不到的益处。

在一个只有彼此的、轻松的游戏氛围下，双方都更易敞开心扉讲出自己的想法；在没有彼此对抗的前提下，双方也都更容易站在非对立面，以一个开放的态度接纳彼此想法上的差异。

游戏中的突发事件卡牌都十分贴近现实，基本全是会让玩家大呼"这也太真实了吧！"的问题和场景，类似文身、清洁房间的分工、这件衣服适不适合我、我们一起去逛宜家吧这类真实生活再现主题。例如，有张突发事件卡牌的问题是——当你的另一半对你说"你根本不在乎我的感受！你好自私！"时你的回答是：A. 对不起！是我没考虑周全；B. 别无理取闹好吗。如果玩家选择了A选项，则可在标注温和、包容的区域加一分，做选择的人满意度减两分；若玩家选择了B选项，则在粗暴、固执的区域加一分，提问的人满意度减两分。毫不夸张地说，现实生活中的情侣应该也没少听过这句话，可能玩家从未意识到自己日常做出的选择代表了自己的性格，又或是他们本身没有思考过或错误地判断了自己的性格。这款游戏可以直观地让玩家意识到自己平时是温和包容还是粗暴固执，而怎么改变选择就可以转换成截然不同的性格。

玩家视角

不仅针对问题本身，提问及选择这两个动作带来的结果也是玩家需要了解的。这款游戏的满意度机制对双方玩家做出了暗示：当你不照顾生气中的另一半的感受时，对方对这段感情的满意度会下降；当你在向另一半发脾气、质问、指责的时候，尽管对方选择包容理解你，对方的满意度仍会下降。所以当双方都希望让这段感情变得更好时，无论是提出自己的想法或疑问，还是回答或解决问题，都需要考虑对方的感受。

除了雅各布·雅斯科夫对这款游戏设计的初衷，即增进玩家之间的沟通和互动外，这款爱情模拟游戏其实无形中激励玩家做出了很多潜移默化的改变，例如通过游戏可以增强玩家的沟通能力，如何清晰地阐述自己的想法以及恰当地聆听别人的想法；增加玩家对世界上不同的人格及其选择差异的了解，不仅是男性与女性之间，更是每个独立人格之间的差异；锻炼玩家的思考与反思能力，让玩家意识到自己是什么样的性格，自己及对方喜欢或讨厌什么样的性格。这或许也是促使这款游戏火爆的原因之一。

设计师视角

在决定制作这款游戏后，雅各布 · 雅斯科夫看了很多关于爱情的资料，他将浪漫戏剧、浪漫小说、科学及心理学等多方面素材融合在了一起，制作出了最初版本的《爱情迷雾》。在让妻子、周边朋友、展会玩家等不同人群试玩过后，综合考量了各方面意见，经过数次重制尝试后，最终蜕变成了现在市面上大热的《爱情迷雾》。而雅各布本人也在制作游戏的同时增加了夫妻双方对彼此的了解，从而增进了双方感情，可以说是获益良多。

毫不夸张地说，雅各布 · 雅斯科夫的《爱情迷雾》为业内提供了一种新颖的游戏题材及设计思维，比起以往对抗性强的桌游，这款桌游在骤减对抗性的同时又一定程度地保留了游戏相对的开放性、可玩性与不确定性。《爱情迷雾》主张玩家自行选择对这段感情有益的选项来增强合作性，或做出对这段感情有害的选择来增加一点对抗性与趣味性，而无论哪个选择都能促进玩家间的沟通与理解。《爱情迷雾》总体的美术设计简洁大方，风格拿捏适中，并不会偏向于女性喜欢的过于艺术的画风，也不会偏向于男性喜欢的硬核科幻画风，用来渲染感情类主题的氛围十分合适，做出了一个融合男女性审美喜好差异的良好尝试。

《爱情迷雾》这款游戏从众筹阶段开始就大获好评，吸引了极高的关注度，直至现在《爱情迷雾》依旧是一款脍炙人口的热卖桌游。这个现象也可以反映出很多当代社会问题，例如人与人之间由于沟通问题，相互之间的了解还不足够，可能是因为缺乏条件、途径，抑或是因为没有找到一个舒适恰当的方式。从另一个角度来看，这款游戏的高销量也反映出了很多存在交流问题的人，依然抱有试图改善的希望，而游戏就是一个很好的破冰桥梁。同时雅各布本人也并未局限于已经获得的成功而止步不前，2018 年他还推出了《爱情迷雾》的扩展包，新增了“夫妻与双方家长的矛盾”、“超自然爱情”以及“没有什么是永恒的”这三个题材的突发事件卡，为游戏及玩家体验再次注入新鲜感。

在此之前，游戏的设计还是更着重倾向于游戏的可玩性、难度把控、美观性等因素，而近些年来越来越多的游戏设计师开始在设计过程中融入很多政见及社会问题，游戏则变成了一个易于被大众接受的表达途径和方式。在艺术家、作家等诸多传统职业表达社会责任感的同时，更多的新型职业，例如桌游设计师也在针对一些社会问题做出一些贡献，勇于对某些社会现象表达自己的看法。除了雅各布 · 雅斯科夫和许多杂志中提过的游戏设计师，还有很多人都在默默地为改变这个社会而努力着，哪怕影响微小，他们也从未停下脚步。

（图片来源：桌游极客）

《平平无奇的女子图鉴》设计师手记
一场普通女性的心灵断舍离

TEXT / Vincent

《心流》这样一本从一个社会话题切入桌游世界的 MOOK（杂志型图书），最终是希望通过阅读改变读者对桌面游戏的片面认识，进而产生尝试的兴趣。它既有特别的形式，也有特别的目的。

但在与中信出版集团文艺分社的老师探讨这款产品的时候，她们提议，何不再做一点特别的事情：将讲桌游的 MOOK 推向极致的体验是让读者真实地玩到一款与话题相关的桌游。

这是从事桌游行业 8 年的我没做过，也没见过别人做过的事——但凡这样的事，我都会同意。

于是，在我们确定了第一期 MOOK 的选题之后，随之而来的问题就是：我们要设计一款与女性有关的游戏。而在我们设计具体规则之前，还有很多要考虑的问题。

设计思路的建立，否定草率的方案

首先，游戏要设计给谁玩？

看似非常简单的问题，但是很多设计师设计初期脑海中并没有玩家画像与游戏场景。《心流》的创作初衷是“以精美的装帧设计与独特的视角切入，面向大众市场”——确定这点后，也就决定我们要在游戏的美术表现上呈现直观的趣味，而游戏的规则又不能设计得繁复，要适合新人上手。

其次，什么样的游戏机制适合新人呢？

之前国内某自媒体出过一款像“大富翁”一样通过骰子驱动之后遭遇事件的游戏，但对于我们来说这样的游戏没有什么设计成分，无法体现编辑团队的专业性。于是我们又开始考虑“语言类”的游戏，这类游戏强调互动玩法上的巧思，通过造成玩家认知上的差异，产生游戏的娱乐效果。

之后，要找到游戏的立意！

这里我们将游戏视为 MOOK 阅读之后的延伸，在专题最后的部分，我们提出希望两性之间可以通过游戏建立理解，于是设计了一个通过答题检验默契度的游戏版本，类似之前介绍的《两性之战》，但是却鼓励双方尽可能地就一个问题达成共识，进而获得成就点高的分数。

游戏在测试过后发现了许多问题：一款开放型的聚会游戏，会让没有经验的玩家开始后感到无所适从；其次游戏几乎不需要美术工作，这就让它的表现形式非常平淡，不利于游戏结果的分享；最后，也是最重要的，游戏娱乐性较强，以至于容易让人忽略游戏的立意。

寻找属于中国女性的特点，用游戏直面这种焦虑

在产品策划的最初，我们就明确要做出玩家在游戏过后愿意拍照分享的游戏，这样才有进一步营销推广的可能——例如我们和文艺分社合作的第一个项目《李智慧生存游戏》就是个很好的例子。

在推翻过第一版方案之后，我们开始回头审视书中的内容：日本女性观念保守，韩国女性权益遭到漠视，美国女性身份认同缺失，巴基斯坦女性还承受着包办婚姻的苦难……我们也几乎每天都能看到社交媒体上报道的“女性悲剧”，但却依然有一种距离感。之后我们观察总结身边的女性特点，发现了中国女性的“普遍特征”，那就是“累”。

中国女性的工作率列世界第一位，社会看似在鼓励女性实现个人价值，但是女性身上的压力同时也与日俱增。在工作中，她们要比男性更努力地证明自己，但晋升的机会与回报却不能等量；在生活中，她们既要承担传统的天职，同时又要适应新的育儿与教育环境，把自己打造成了“女超人”；在社交场合，人们打量女性的眼光从未改变，也助长了一些综艺节目中扭曲的价值观的传播……当代女性总在人生的每个阶段不断地去充实、美化、提升自我，但同时又要被传统的标尺衡量，这样的中国女性很“累”。

那么，我们是否可以通过一个轻松的游戏模拟女性无法回避的“日常遭遇”，直面这些压力，然后通过游戏机制实现合理规划，引导她们去发现心中真实的向往，卸下心理与生活的负担，做一场精神断舍离呢？

用简单的机制组合构建真实生活的投射

在微信公众号上宣传着“逃离北上广”，报道了一则又一则“她卖掉了房子、辞掉了工作，去 XXXXX”引发了大量关注的故事后，人人都渴望成为野生的李子柒，放弃城市，成为“下沉青年”。

考虑到游戏过程中要遭遇各种各样不期而遇的事件，那很显然非常适合用卡牌去表现，经过反复推敲，我们最终只保留了两个主要的桌游机制：卡牌选取（Card Drafting）与契约（Contracts），减少游戏的思考维度，便于桌游新人的理解，要争取“能用 1 分钟就讲清楚游戏规则”。

如果你要给身边的人讲规则，我们建议用以下简单且有代入感的方式帮助他们迅速上手：

每个玩家因为身份不同会有初始的压力值（一共有 4 种压力值），带着这样的预设开始游戏后，游戏会轮流翻出“青年、中年和老年”三个阶段的事件牌，玩家在自己的回合可以选择四个行动里的一个行动去做：

1. 立即执行其中的一个事件，拿走这张卡牌放在自己面前，产生相应种类的压力（哪怕是出去旅行这种放松的事情也可能会带来经济上与社交方面的压力）；

2. 计划但不执行，拿走两张卡牌放在手里，直到你执行时才会产生相应种类的压力（虽然看起来是卡别人的选择，但也是平衡人生进程的好手段，别让自己一个时期太满）；

3. 压力会有上限，要想人生继续下去就要去释放压力，用自己积累的压力指示物去兑换相应的“放飞奖章”吧（但有可能会被人捷足先登，人生的机遇不就是如此吗）；

4. 压力爆表，又无法兑换奖章，于是停一回合，什么都不做，弃掉两个压力指示物（如果人生没有规划好，就会出现被卡住的局面，停下来释放一下，再有计划地前行吧）。

当最后游戏事件卡翻完或者一个人的房顶插满“放飞奖章”，游戏即宣告结束，累计你的奖励分数，减去没有释放掉的压力和没能完成的计划（残念），核算分数最高的人获胜。

我们把一些摸不到看不着的概念具象化，将它们以象征的形式表现出来，例如：每个人的生活变成了一栋可以折叠而立的房子；因遭遇事件而产生的压力，我们用带有重量单位的木块指示物来表现；释放压力兑换的奖励分数，做成氢气球形状的“放飞奖章”——重相对轻，从得到舍，由积累到释放，最终构建起一座自己的“飞屋”，让“平平无奇”变成“平地而起”。

游戏的逻辑和表现形式确定好之后，我们就一边测试数学模型，一边筹备事件卡的条目。有哪些事情是女性人生会遇到的，这里不仅有被动遭遇，还有因社会环境、认知增长而产生的“想要去做的事”。除了在网络上搜索各种相关话题的调查报告、提炼受关注度高的社会话题外，我们还做了自己的调查问卷，在线收获了 1000 多位女性的反馈，大概用了一个月的时间，不断迭代最终的事件列表，并将加了注解的版本反向投放给身边的一些女性朋友，看看她们对哪些事情反应强烈、哪些事情近乎无感以及哪些事情完全不是这样……之后再做修正。

机制简单的卡牌注定要吃文案与美术，在打磨出最终的“事件卡”之后，我们便开始绘制卡牌插画，这几乎占了开发一半的时间，也是第一期“拖稿”的原因之一。我们选择了偏向欧洲漫画的洒脱线条与日本的配色体系，即便有点丧的事件，也要让画面营造出黑色幽默的感觉——人生就是无奈的，苦中作乐成为每个人的必修课。另外我们将卡牌设计成了圆角的方形，这种尺寸在通常的桌游卡牌中并不常见，之所以如此，一是为了给玩家一种亲切圆润的感受，另外便于卡牌摆在一起时构成一个画面。

最终我们完成了这款《平平无奇的女子图鉴》，我们认为游戏有两种玩法：按照一款桌游去玩，思考卡牌之间的关联、计算分数优化收益，最后争取成为分值最高获胜的玩家；或者按照你内心的选择去玩，留下你真正想做的事件卡的同时撕掉贴在你身上的标签，试着去成为你最想成为的那个人，当梦想飞屋建成之后，拍张照片，为自己的愿望做一个记录。

平平无奇的女子图鉴

The Story of a Woman's Life

游戏人数：2~4 人

游戏年龄：12+

游戏时间：30~40 分钟

游戏规则书

1 游戏配件

游戏规则书 ×1 份

释放压力的“放飞奖章” ×40 个

玩家房屋拼接版图 ×4 套

压力指示物 ×64 个

- 16 个健康压力
- 16 个知识压力
- 16 个财富压力
- 16 个社交压力

人生事件卡 ×60 张
根据牌背分为

- 19 张青少年时代
- 22 张中年时代
- 19 张老年时代

2 游戏目的

通过排解人生压力来换取放飞奖章，三个时期过后得分最高的玩家获胜。

3 游戏预览

在游戏中，玩家将有机会规划人生、执行事件、休息或换取奖励，当过完一生之后，得分最高的玩家获胜。

4 游戏准备

1. 玩家获得一个随机版图作为自己的初始角色，将自己的房子在玩家版图上搭建好，并获得版图上提示的初始压力值。

2. 按照牌背将三个时代的卡牌分别洗混，背面向上按照青少年、中年、老年的顺序从上到下叠放，形成人生事件卡堆，然后翻出**玩家人数 +1 张**（2 人 3 张、3 人 4 张、4 人 5 张）卡牌正面向上放在一旁。

3. 将放飞奖章洗混后，分值面向下叠放在一旁，从中随机翻出**玩家人数 -1 个**（2 人 1 个、3 人 2 个、4 人 3 个）分值面向上摆放在一旁。

4. 现在准备开始游戏（4 个局为例）。

5 游戏流程

从最年轻的玩家开始，然后沿顺时针方向，每位玩家依次进行游戏。

游戏一共会进行若干轮，每轮中每个玩家轮流执行回合行动，回合行动从以下四种行动选一项执行（并且只能执行一次）

1. 规划自己的人生	2. 执行 1 张事件卡	3. 兑换 1 个放飞奖章	4. 休息一下缓解压力

1 规划自己的人生

玩家从场上面朝上的事件卡中，选择 2 张作为人生计划，放入自己的手中，作为手牌。然后结束自己的回合，并将场上事件卡补齐。

当新时代的事件卡加入场中时，弃掉场中未被拿走的所有上一个时代的事件卡，并补齐新时代的事件卡。

2 执行 1 张事件卡

玩家可以从场上面朝上的事件卡或自己的手牌中，选择 1 张执行；玩家说出自己要执行的事件，并将其放在房子旁边，组成“执行区”，然后根据事件卡说明，拿到对应的压力指示物，放入房子后面的“压力区”。玩家不能执行会使自己压力超过上限的事件。

玩家压力上限：

· 一个玩家最多能容纳总计 10 个压力指示物；

· 一个玩家最多能容纳 4 个同属性的压力指示物；

玩家压力值属于公开信息，可以随时相互检查是否超出规定上限。

3 兑换 1 个“放飞奖章”

玩家通过排解压力，获得放飞奖章：玩家从压力区弃掉对应的压力指示物，兑换放飞奖章，将其插到自己的屋顶；玩家每回合只能兑换 1 个放飞奖章。兑换之后，场上会补齐放飞奖章。

举例：某个放飞奖章上标注了 2 个红色、1 个黄色、3 个绿色的压力指示物标识，则从你的压力区弃掉对应颜色、对应数量的压力指示物，否则你将不能兑换该放飞奖章。

4 休息一下缓解压力：

玩家从自己的压力区，选择任意 2 个压力指示物弃掉。

6 游戏结束

当有玩家已经获得 8 个放飞奖章时，剩下的玩家继续完成该轮，然后游戏结束。或者当老年阶段的最后一张事件卡被翻开时，剩下的玩家继续完成该轮，然后游戏结束。完成该轮是指保证所有玩家的行动回合数一致。

举例：如果是起始玩家率先集齐了 8 枚放飞奖章，剩余的玩家会还有 1 个回合执行行动。

每位玩家把放飞奖章上的分数、人生事件区中事件卡上的分数加总，然后减去压力区中压力指示物的数量、人生计划区中未执行的事件卡数量。最高分的玩家获胜；若平分，则压力区中压力数少的玩家获胜；若再平手，则人生计划区中事件卡少的玩家获胜，若再平手，则回合顺序靠后的玩家获胜。

以下是小安的一生：放飞奖章的分数是 30，事件卡上的分数是 5；

压力区还有 5 个指示物，有 1 张未执行的事件卡，合计扣掉 6 分；

小安人生总分值是 30+5−6=29 分。

2018 年，4 名阿拉伯妇女在麦加圣地清真寺外的广场上席地而坐玩起桌游《序列迷阵》（*Sequence*），不久即被当地警方驱散。此举之后引发了当地网民的激烈讨论（图片来源：谢赫 · 阿卜杜拉 · 穆拉格所拍摄的视频）。

掷骰移动
Roll and Move

TEXT / 小岛

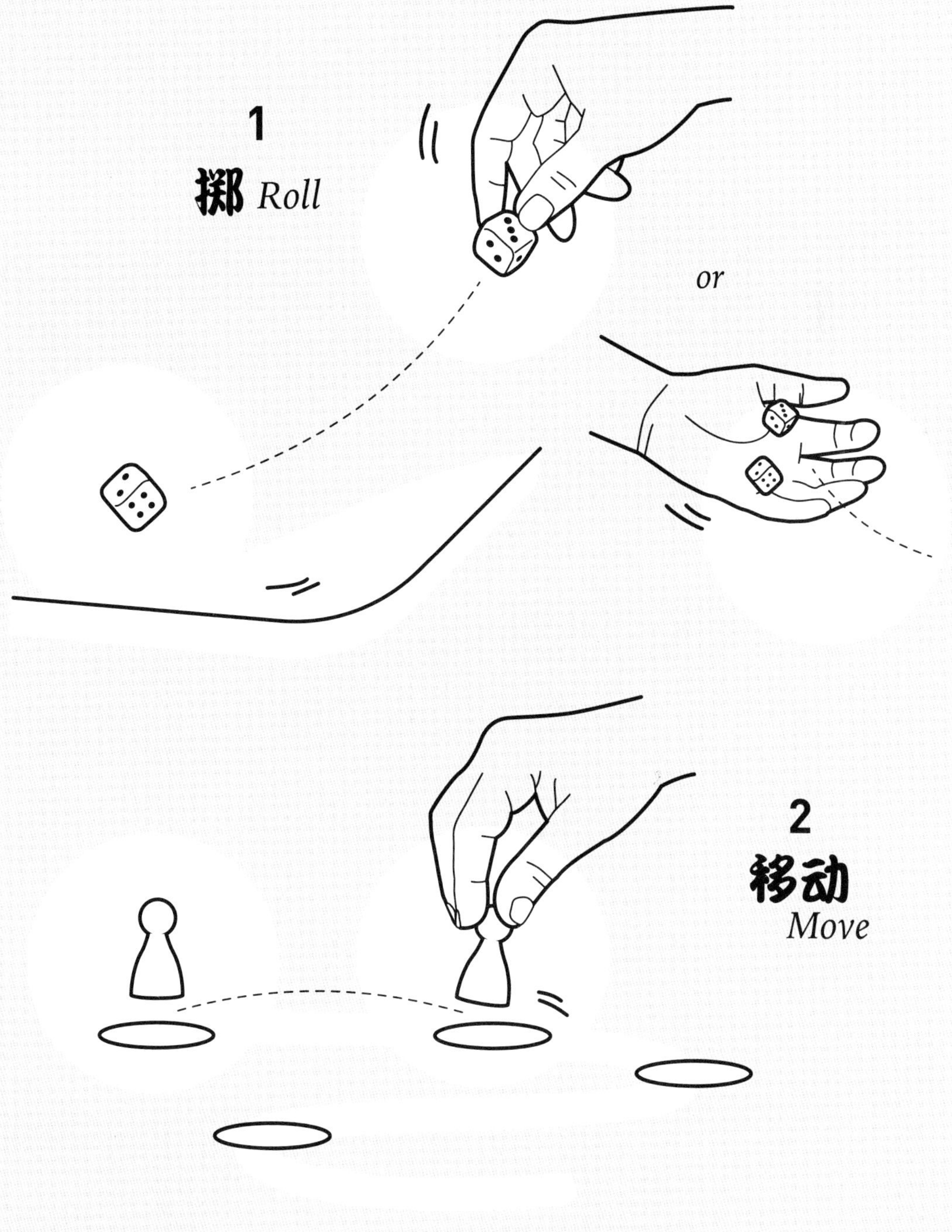

掷骰移动 Roll and Move

机制描述

通过随机行为来产生一个数值,该数值决定了指示物的移动距离。指示物落脚点决定了玩家可以采取的行动。因为早期游戏中通常采用骰子来指示随机行为，所以常被称为“掷骰移动”。

游戏案例

1

塞尼特棋 **Senet**

公元前 3500 年

2

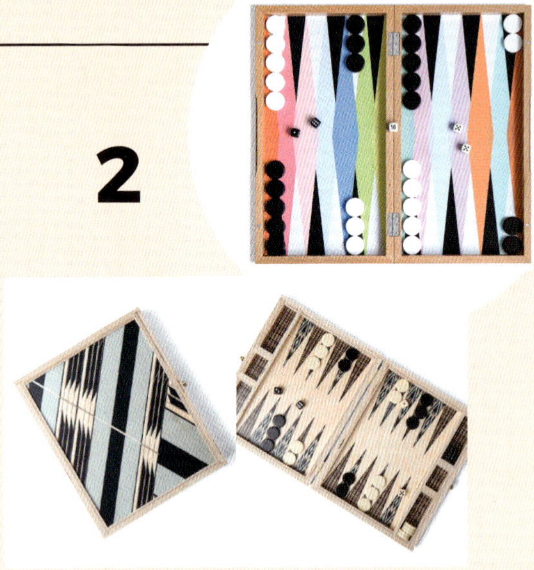

双陆棋 **Backgammon**

公元前 3000 年

3

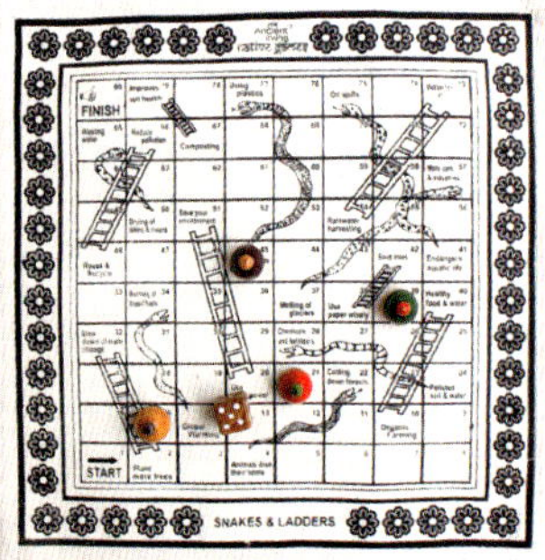

蛇梯棋 **Snakes & Ladders**

公元前 200 年

掷骰移动是人类早期游戏中非常重要的一个机制类型，这种游戏机制在一部分人类已知的最古老的游戏上使用，包括《塞尼特棋》(*Senet*)和《双陆棋》(*Backgammon*)。因为掷骰移动常被用在过于简单的儿童游戏或早期的游戏中，所以部分玩家认为这种机制是一种低效且有待优化的设计模式。玩家感觉自己的行动受制于随机行为，可能是骰子（《地产大亨》）、转盘（《生命之旅》）或卡牌（《糖果乐园》）。

为了降低这种行为造成的影响，通常游戏设计者会扩展该机制，以便为玩家带来更多的选择结果。一种方式是为玩家提供更多的方法来应用随机行为产生的结果，例如《双陆棋》，玩家有很多种使用骰子的方法。另外还可以允许玩家部分修改随机行为的结果，例如可以使用对应结果的子集或者选择移动的方向，例如《圣符国度》（*Talisman*），或者对移动结果进行下注，例如《马王争霸》（*Long Shot*）和《骆驼大赛》（*Camel Up*）。再进一步地扩展，还可以采用多种骰子、卡牌、转盘等对应不同的行为或者对随机行为进行概率管理等多样化的机制。

4

十字棋 **Pachisi** 公元 4 年

5

地产大亨
Monopoly
1933 年

8

骆驼大赛
Camel Up
2014 年

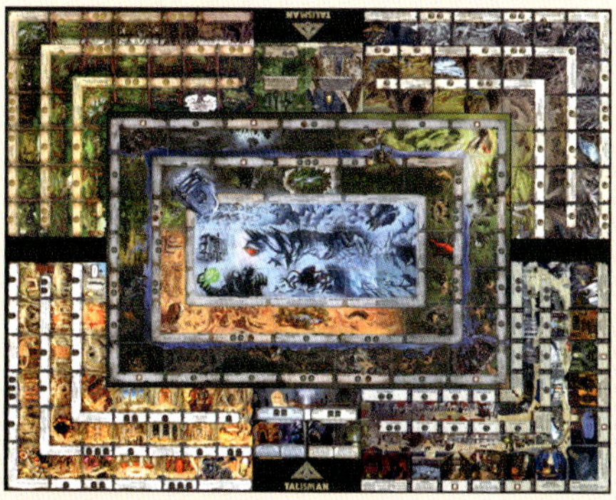

6

圣符国度 **Talisman**
1983 年

7

马王争霸 **Long Shot**
2009 年

（图片来源：桌游极客）

Timeline | 时间线

游戏人数：2~6 人 | 游戏时长：15 分钟 | 适合年龄：8 岁 +

好的游戏哪怕规则简单到只有一句话也能提起你的兴趣，经典的《时间线》系列就是如此：分组对抗，将你抓到的牌放到时间线的正确位置，如果错了补一张牌，正确则换对手行动，先打完牌的人获得胜利。作为理论上可以无限扩展的游戏，最新的“时间线系列”经过重新包装推出了更贴近中国玩家的版本，“中国古代史”“中国近代史”等主题更具有代入感。随着建立正确的历史脉络，进而对含糊不清的时间点产生了一探究竟的兴趣，是玩“时间线系列”最常见的事，当然高阶玩家更会将不断更新的游戏系列混合在一起，和家人、朋友来一场“地狱难度”的历史排序。

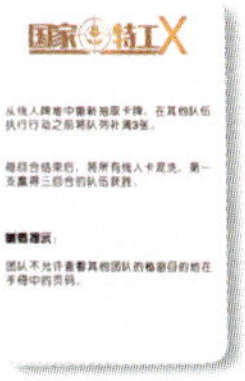

Destinatioin X | 国家特工 X

游戏人数：2~10 人 | 游戏时长：20 分钟 | 适合年龄：10 岁 +

打开《国家特攻 X》会发现游戏的真面目，这是一个依靠地理知识进行推理的游戏，只不过融入了时髦的“谍战”主题。一页 A4 纸的说明书和 2~10 人的游戏跨度，就可以明白这是一个互动性强，对新人极其友善的聚会类游戏，一句话讲完规则就是：玩家其中一人扮演特工，其他人扮演通过线索（盘问答案与卡片信息）推理其逃跑目的地的探员。游戏内含大量的地点卡，每张卡上都详尽地列出了一个国家的几项重要属性，设计师一边考据真实有趣的地理信息，另一方面还通过“线人卡”的存在将这些信息游戏化，可以说既增强了游戏的耐玩度又提升了代入感。

Hanamikoji	花见小路	游戏人数：2 人 | 游戏时长：15 分钟 | 适合年龄：10 岁 +

作为桌游极客上排名最高的华人设计师的作品，《花见小路》乍看之下的讨巧之处在于双人卡牌与日式背景，这也让它成为目前在国内卖得最好的“小游戏”之一。“玩家为了获得七名艺伎的青睐，进而去抢夺她们心仪的礼物”这样的背景设定配上水墨漫画风的古韵，就颇为“京都”了。从机制上来讲，《花见小路》是对桌面游戏原理的极简解构，游戏完全由四个基础动作驱动——密约、取舍、赠予、竞争，同时游戏的配件也极其精简，这样组合出的变化充满博弈的快感，也让这款游戏受到了更多轻度策略玩家的青睐。

Terraforming Mars | 殖民火星

游戏人数：2 人 | 游戏时长：15 分钟 | 适合年龄：10 岁 +

全球排名第三的游戏盒子里一定有点东西。《殖民火星》的成功不排除受人类对于移居火星矢志不渝的情怀影响，但更重要的是游戏抓住了德式桌游中最有魅力的机制组合——“可变玩家能力”与“轮抽”。玩家投入游戏之初选择扮演业务形态完全不同的公司领袖，在开垦火星的任务中，利用轮抽机制发展自己建设的同时，还要权衡利弊阻碍对手的成长。“轮抽”一直以来都是有效提升游戏节奏的方式，《殖民火星》为此提供了充足的卡池，结合玩家自身的特性，以及火星大背景下多方面因素的影响，多维度的组合，让游戏充满了乐趣与变化。

Wingspan	展翅翱翔	游戏人数：1~5 人 | 游戏时长：40 分钟 | 适合年龄：10 岁 +

2019 年的话题之作，聚光灯下拿奖无数，从各方面来讲都是桌游产品设计的完美形态。游戏中玩家寻觅并试图吸引那些最美丽的鸟类在自己的饲养基地栖息，使用卡牌游戏常见的数据结构，游戏巧妙地模拟了饲养与繁殖的环境，并让一切在流畅的机制中运行。游戏来自观鸟爱好者伊丽莎白的设计，她也充分抓住了目标受众核心的诉求“对美的收集”，这也恰恰成了驱动游戏的核心。奥杜邦风格的精美插画、考据翔实的鸟类习性、做工上乘的配件，让《展翅翱翔》一经推出就备受瞩目，如今新的扩展版本《欧洲篇》也持续广受好评。如果你想了解更多这款游戏的魅力，请看本期我们对设计师的专访。

Fireball Island | 火球岛

游戏人数：2~5 人 | 游戏时长：45~60 分钟 | 适合年龄：7 岁 +

“这里有着绮丽迷人的风景，有着上古失落的宝藏，当然还有危险的佛卡的诅咒——欢迎来到火球岛！”一股浓浓的“印第安纳琼斯”的感觉扑面而来，而你也确实将在游戏中扮演一位考古探险家，拿到宝物登上直升机逃离，或者成为一堆灰烬。2018 年，经典的家庭游戏《火球岛》被豪华复刻，并登陆 KS 平台取得了相当不错的众筹成绩，全立体的配件和印象中只有纸板木块的平面桌游完全不同，“火球”沿着山脉的滚动也让游戏不只存在理论上的物理效果，让人感觉置身微缩主题乐园之中，颇有美国中产阶级的复古风情。

桌游简史（上）

A Brief History of Board Games

TEXT / DICE 桌游社

你一定已经感受到了。

在过去的几年中，桌面游戏正在经历爆炸式增长。自2012 年，《卫报》宣称“桌面游戏的黄金时代”来临，并声称桌面游戏的增长率已经高达 40%，已经成为 Kickstarter（一个专为具有创意方案的企业筹资的众筹网站平台）上募集资金最庞大的项目类别之一。

从纯粹的兴趣，到逐渐扩大的影响力和商业价值，越来越多的人开始在 YouTube 等流媒体交流平台发布有关桌面游戏的视频，其中最著名的“Table Top”，每一期节目都能吸引数十万人观看。

所以，为什么这么古老的东西现在变得如此受欢迎？这一切要从何说起呢？

最初的桌游（公元前 5000 年）

所有人都无法想象，现在我们玩到的桌游实际上是个史前的庞然大物，这意味着在我们发明语言之前，就已经有了桌面游戏的存在。

那么，第一款桌游是什么样的？

答案是骰子！这个在如今大多数桌面游戏中必不可少的元素，正是人类最古老的桌面游戏的根基。

最初的记载来自土耳其东南部，在这里拥有 5000 年历史的一座坟冢上发现了一组49 件雕刻的彩绘石头，这些就是有史以来最早的桌面游戏作品了。随后，在叙利亚和伊拉克也发现了类似的东西，这一切似乎都与新月沃土有关。

新月沃土由中东的尼罗河、底格里斯河和幼发拉底河周围的地区组成，在这片肥沃的土地上，人类发明了酒、草纸、薄荷糖和日历等等一系列突破性的事物，这些东西在如今的桌面游戏之夜，似乎也会频繁出现……

其他的早期骰子游戏则是通过绘制有图形的单面扁平杆来实现的，通过齐声令下，抛出这些棍棒，两侧不同的漆印就是你的骰子点数。美索不达米亚的骰子则由各种材料制成，其中包括雕刻的关节骨头、布头、彩绘石头和龟壳等等。

在那个时代，如今我们熟悉的骰子，最终演化出了不同的材料质地，其中包括黄铜、铜、玻璃、象牙和大理石等等。直到古罗马时代的骰子，看上去似乎才有了我们如今习惯的六面骰子的样子，甚至还有一些带切角的骰子，从而为游戏提供了额外的可能性。这些骰子在现在看来，就是如今跑团游戏中的多面骰子的原型。

皇室的消遣（公元前 3100 年）

当人类建立起稳固的社会之后，除非有什么天灾人祸、战争烽火，不然总会有一群吃饱没事干的贵族，把日子过得十分惬意。于是贵族们为了彰显自己的信仰，同时为了打发无聊的时间、活络思路，便发明了塞尼特棋。不过，在古埃及神话中，塞尼特棋被说成是众神最喜爱的游戏。

塞尼特棋已在前王朝和埃及第一王朝的墓葬中发现，在之后不同的古埃及墓葬中发现的塞尼特棋都有着不同的造型设计，到新王国时期，它已经成为死者墓葬的一种特别的标志和护身符。

古埃及人信仰命运的概念，而塞尼特棋中的高运气因素也与这一概念息息相关。那时的人们相信游戏高手将会受到太阳神拉（Ra）、智慧之神托托（Thoth）以及冥界之王欧西里斯（Osiris）的三重祝福，《死者之书》的第十七章甚至提到了这个游戏……也因此，塞尼特棋是最普遍的陪葬品之一，生者希望死者也能带着祝福前往冥界，毕竟通往冥界的旅途可是非常惊险，多些祝福总比没有好。

关于这款游戏的玩法，现在还有不少的争论。塞尼特棋的版图本身是一个包含 30 个正方形的网格，排成 3X10 的序列。包含两组棋子，每组至少 5 个，这与游戏时长息息相关。目前历史学家已经对塞尼特棋的实际游戏规则进行了有根据的猜测，这些规则已经被不同的公司采用，并据此设计了不同的套装游戏。

联结宗教（公元前 3000 年）

随着皇室内部桌面游戏的普及，这一消遣娱乐形式很快被工人阶级采用。不久之后，他们将其与宗教信仰联系在了一起，这款游戏的名字叫作“迈罕”（*Mehen*）。

虽然目前从未找到过这款游戏的任何完整规则，但我们已经了解到了与其有关的一部分信息。这是一款关于神的游戏，蛇神迈罕是一条巨大的蛇，它用身体将太阳神拉（Ra）紧紧包裹起来（至少游戏版图看上去是这样）。

就在这个时间点，这款桌面游戏与神明交织在一起。这时的桌游不仅仅是一项简单的消遣，而是成为人们思想中蛇神的代名词。古埃及历史学家蒂姆 · 肯德尔认为，蛇神的存在很可能就是受到了游戏本身的启发而诞生的，当然也不排除这本身就是已经存在的神话。

虽然没有发现“迈罕”的规则，但通过类似的阿拉伯游戏鬣狗游戏（*Hyena*）的特点和玩法启发，学者们已经推演出了大致的游戏规则。

在游戏中每位玩家都有 6 个大理石块和 1 个石狮子，并用骰子确定运动的轨迹。玩家们从蛇神尾巴沿着边缘开始向蛇神头部所在的中心移动，一旦玩家操纵的大理石块到达中心，运动方向反转，所有玩家将向起点前进，此时狮子将会登场，可以用来吃掉对手的大理石棋子。

乌尔王局戏（公元前 2650 年）

在一次意外中游戏爱好者欧文·芬克尔发现乌尔王局戏的游戏规则刻在一块古老的石碑上，然后他又惊喜地发现了一张来自现代印度的相同游戏版图的照片。不久之后，芬克尔遇到了一位退休的教师，他声称他小时候也玩过同样的游戏。

游戏的名称来源于伊拉克的乌尔皇家陵墓，在法老图坦卡蒙的坟墓中也发现了一套相同的游戏。这款游戏包含黑色和白色 2 个阵营、7 个标记和 3 个四面骰。

曾经淘汰《地产大亨》的双陆棋

（公元前 2000 年）

双陆棋的老祖宗十二行棋盘是一个在罗马帝国时期流行的桌游。这是个有着 3 排 12 个标记的版图游戏。游戏白板棋（*Tabula*）被认为是这个游戏的后继作品，两者都类似于现代的双陆棋。目前已知的几乎与双陆棋完全相同的最古老的游戏的规则是这样描述的：游戏棋盘是一个两面各拥有 12 个点的板，每个玩家都有 15 枚棋子，并使用立体六面骰，游戏的胜利条件是完全相同的。其与现代双陆棋唯一的区别在于使用额外的骰子和所有棋子的起始位置，而移动或者移离棋盘的方式则完全相同。

双陆棋的流行风潮始于 20 世纪 60 年代，大部分原因来自亚历克西斯王子的个人魅力，他被称为“现代双陆棋之父”。他与双陆棋爱好者共同创办了国际双陆棋协会，并发布了一套官方规则。此外，他还建立了曼哈顿世界双陆棋俱乐部，该俱乐部在 1963 年设计推出了一个双陆棋锦标赛赛制，并于 1964 年 3 月组织了第一次国际双陆棋锦标赛，这项比赛吸引到了大量皇室成员、名人和媒体的参与和关注。

双陆棋因此变成了一种特别的时尚元素。在大学校园、迪厅和乡村俱乐部里面，它取代了跳棋和地产大亨等游戏的地位，同时商界开始赞助游戏锦标赛，商业大鳄休·海夫纳（Hugh Hefner）在花花公子大厦举办了特别的双陆棋聚会，成立了双陆棋俱乐部并举办了锦标赛，这项赛事最终在 1967 年的拉斯维加斯走向世界。

美国的双陆棋协会于 2009 年决定重新组织推广这款游戏，协会中包括全球双陆棋社区中许多高手玩家、赛事主管和作家等等。日本的游戏市场（Game Market）展会上也频频有双陆棋的特别版本和变体出现。

战争对军事战略游戏的影响

（公元前 1300 年）

十二行棋盘是一款罗马帝国时期颇为流行的双人战略桌游，这款游戏早在荷马时期就有据可考，看描述颇为类似国际象棋。但由于相关的资料非常稀少，重建游戏规则也变得非常困难。通常这款游戏被认为是一款军事战略游戏，这与公元前 13 世纪大量的战争息息相关，同时人们也认为，这是军事战略主题桌面游戏出现的重要原因。

游戏包含多个区域，并用棋盘的形式加以呈现，双方各有一个方形的国王棋子以及若干圆形的士兵棋子，它们被分成两种颜色，游戏玩法简单来说就是当一种颜色包围住另一种颜色后即可取子，最后棋子多的一方获胜。

理论上，十二行棋盘可能对早期的国际象棋历史发展有过影响，因此，这个词经常被用作国际象棋的中世纪拉丁语名称。

你也玩过的跳房子（公元前 500 年）

在这之前，桌面游戏主要都是在成人的文化娱乐世界中出现，并深深地根植于社会，但很快这种娱乐形式变成了童年的一部分。虽然这看上去并不像是桌面游戏，但以儿童为参与对象的首批游戏之一就是 *Hop-Scotch*，这似乎是我们孩童时代都玩过的“跳房子”，没错，它比我们想象的要古老得多！

这款游戏最早可以追溯到公元前 500 年左右的罗马儿童。这款游戏在各地的玩法都有很大不同，但基本规则保持一致。第一位玩家将一个标志物（石头、硬币或者袋子）扔进第一个方格，之后玩家拾起标志物跳完所有的格子后再把标志物丢到第二个格子，重复第一轮的动作，以此类推。标志物不能碰到边线或者弹出去，玩家不能双脚着地，任何一个失误都会更替玩家，最后看谁的标志物走得更远。

东方文化的影响——六博棋（公元前 400 年）

虽然桌面游戏早在公元前 400 年就进入亚洲社会，但当时的东方人主要都在玩中东的游戏。六博棋是第一款真正意义上的东方桌面游戏（围棋应该算第二款），同时也是东方世界开发的第一款桌面游戏。

这是一款支持 2 名玩家的游戏，每位玩家使用 6 枚游戏棋子在一个方形的游戏版图上进行点对点的移动，版图具有独特的对称图案，移动方式则是由 6 个骰子的投掷结果决定的。

这款游戏在汉代非常受欢迎，之后热度逐渐退去，据推测，这可能是由于围棋的普及造成的，以至于六博棋几乎完全被遗忘了。

近年来，随着六博棋盘和棋子经常在汉代墓葬中以墓葬品的形式被发现，人们也对六博棋的样貌有了一定程度的认知。游戏的棋盘材料不一，石板、木雕和长腿桌子都有，里面设置特别的木板并配备有青铜棋子，但它们的共同特征都是其表面上雕刻或者涂漆的独特图示。在许多挖掘出的六博棋盘中，只有部分部件完好无损，这是因为有些部分是由有机材料制成的，长时间的保存会使得材质腐烂。

然而，在 1973 年，考古学家发现一整套保存完好的六博棋！像大多数那些古老的棋盘游戏一样，这款游戏同样也没有完整的规则，但还是由学者整理推演出了大致的玩法：玩家在游戏中通过轮流掷骰子移动棋子，当棋子被移动到特定的地点，将会把棋子立起来成为“枭”，于是它可以进入中央的水中吃一条鱼，这一行为被称为“牵鱼”。

每次玩家的“牵鱼”操作都会获得两个筹码，如果一名玩家连续牵两条鱼，那么他在牵第二条鱼时会获得 3 个筹码。当任何一名玩家获得 6 个筹码，游戏结束。（待续）

（原文发表于公众号“DICE 桌游社”，想阅读更多精彩桌游文章，请于微信公众平台搜索并关注）

一个桌游品牌的中国式成长

TEXT / **本长文化**

桌面游戏正在成为全球游戏市场中最具活力的游戏类型，在与世界的创造力接轨之前，更多国内的桌游从业者选择了引进版权、汉化代理作为入门的第一步。

在 2018 年的 DICE CON 上，一款色彩艳丽的游戏《色彩麻吉》颇为引人瞩目。作为吸引路人了解桌游的窗口，很多初次亮相的厂商都会选择在这个目前国内最大的桌游展中获取自己的第一批用户，而本长文化就带来了这样一款轻松的多人聚会游戏。“简单、轻松、欢乐”是这家刚刚进入行业的公司给自己制定的出版基因，这或许来自他们多年从事桌游吧经营所积累的经验，让用户了解桌游、尽快产生兴趣，就是需要这种类型的产品。

做正版桌游，很重要的就是让玩家感受到与盗版游戏相比，品质的提升与细节的考究。同年底《维多利亚魔盗团》的出版不仅让玩家看到一个新品牌对汉化作品的态度，而且本长文化还增加成本解决了配件手感过轻的问题，修正了原版收纳方案，让引进不单单是引进，更是通过优化原版，获得玩家信任的契机。

以往国内出版社对待 KS 游戏（海外众筹游戏）的态度，往往是待游戏的英文版面世后再由国内出版社跟进，但这样却降低了玩家的参与感。本长文化通过《血源诅咒：版图游戏》的同步汉化，打通了以往横亘在 KS 和汉化之间的障碍。一个新品牌的成长，往往离不开这样击中用户痛点的独创之举，可以说《血源诅咒》的操作既引发了舆论的关注，也提出了一个引进出版的新玩法。

乘着去年《血源诅咒》的东风，本长文化顺势拿下令中国区玩家无比期待的国际知名设计师艾瑞克·朗的“神话三部曲”终章之作《安卡：埃及众神》。参考以往《旭日战魂录》和《血色狂怒》在国内市场的超高口碑，《安卡：埃及众神》也成为接下来玩家关注度极高的作品，而之前几款作品成功的出版经验，也确实让他们对取得满意的众筹成绩更有信心。

除了大型游戏之外，本长文化选品基本遵循了“轻松、高颜值、易上手”等游戏特点。在已经出品的游戏中《教父》《维多利亚魔盗团》《中世纪：时代与纪元》等等都有精美的游戏模型，同时游戏规则都比较简单，游戏体验轻松。这些选品策略，彰显了本长文化对桌游大众化之路的开拓，也正是每一个桌游品牌在中国成长的必经思路。